「坊《ぼ》っちゃん」
はじまるよ♪

坊《ぼ》っちゃん

原作《げんさく》／夏目漱石《なつめそうせき》
文《ぶん》／芝田勝茂《しばたかつも》
絵《え》／城咲 綾《しろさきあや》

Gakken

主人公《しゅじんこう》 坊《ぼ》っちゃん

東京《とうきょう》生《う》まれの、東京育《とうきょうそだ》ち。正直《しょうじき》で、正義感《せいぎかん》あふれる青年《せいねん》。兄《あに》が一人《ひとり》いる。

まっすぐな性格《せいかく》！

物語《ものがたり》ナビ

主人公《しゅじんこう》の〝坊《ぼ》っちゃん〟が、正義《せいぎ》をつらぬこうとする物語《ものがたり》

今《いま》から約《やく》百数《すう》十年前《ねんまえ》の明治時代《めいじじだい》が、物語《ものがたり》の舞台《ぶたい》。中学《ちゅうがく》の先生《せんせい》になった、主人公《しゅじんこう》の坊《ぼ》っちゃんは、いたずらをする生徒《せいと》たちや、こそこそ悪《わる》いことをする先生《せんせい》たちと出会《であ》うよ。さあ、坊《ぼ》っちゃんは、どうするのかな!?

原作者《げんさくしゃ》ノート

「坊《ぼ》っちゃん」と夏目《なつめ》漱石《そうせき》

このお話《はなし》を書《か》いた、原作者《げんさくしゃ》の夏目《なつめ》漱石《そうせき》について、しょうかいするよ。

夏目《なつめ》漱石《そうせき》（1867～1916）

写真協力／国立国会図書館

明治《めいじ》・大正時代《たいしょうじだい》の小説家《しょうせつか》・英文学者《えいぶんがくしゃ》。本《ほん》名《みょう》は、夏目金之助《なつめきんのすけ》。江戸《えど》（東京都《とうきょうと》）に生《う》まれる。イギリスに留学《りゅうがく》し、帰国後《きこくご》、高《こう》校《こう》と大学《だいがく》で英文学《えいぶんがく》を教《おし》えた。教師《きょうし》をするかたわらで、執筆《しっぴつ》をはじめ、「吾輩《わがはい》は猫《ねこ》である」、「三四郎《さんしろう》」、「夢十夜《ゆめじゅうや》」など、名《めい》作《さく》をたくさんのこす。また、「くもの糸《いと》」を書《か》いた芥川龍之介《あくたがわりゅうのすけ》や、俳人《はいじん》の正岡子規《まさおかしき》とも交流《こうりゅう》があった。

漱石《そうせき》も、四国《しこく》で先生《せんせい》をしていた！

漱石《そうせき》も、物語《ものがたり》の主人公《しゅじんこう》、坊《ぼ》っちゃんのように、東京《とうきょう》から愛媛県《えひめけん》の松山《まつやま》に行《い》って、中学《ちゅうがく》の先生《せんせい》をしたことがあったよ。「坊《ぼ》っちゃん」は、その体験《たいけん》をもとに書《か》かれたといわれているんだ。漱石《そうせき》は、あばれんぼうの坊《ぼ》っちゃんとはちがって、おだやかな先生《せんせい》だったといわれているよ。

夏目漱石《なつめそうせき》が英語《えいご》の教師《きょうし》をしていた、松山中学《まつやまちゅうがっ》校《こう》のあと地《ち》。石《せき》ひには、漱石《そうせき》の句《く》がきざまれている。

写真協力／松山市 松山中学校跡地

あまい物《もの》が大《だい》すき！

あまい食《た》べ物《もの》が大《だい》すきだった漱石《そうせき》は、自《じ》分《ぶん》の作品《さくひん》にもいろいろなあまい物《もの》を登場《とうじょう》させているよ。「坊《ぼ》っちゃん」のお話《はなし》にも登場《とうじょう》するから、さがしてみてね。

この話《はなし》に出《で》てくるあまい物《もの》

氷水《こおりみず》

ささあめ

だんご

もくじ

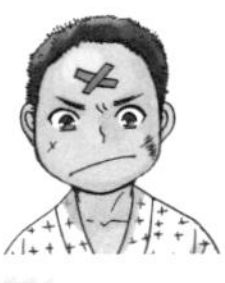
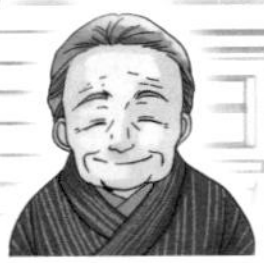
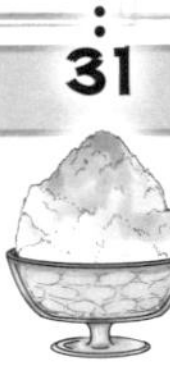
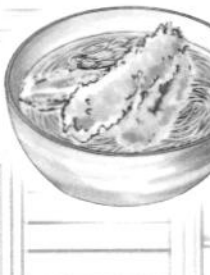
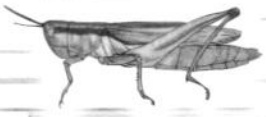
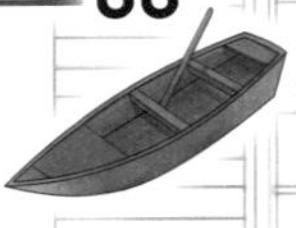

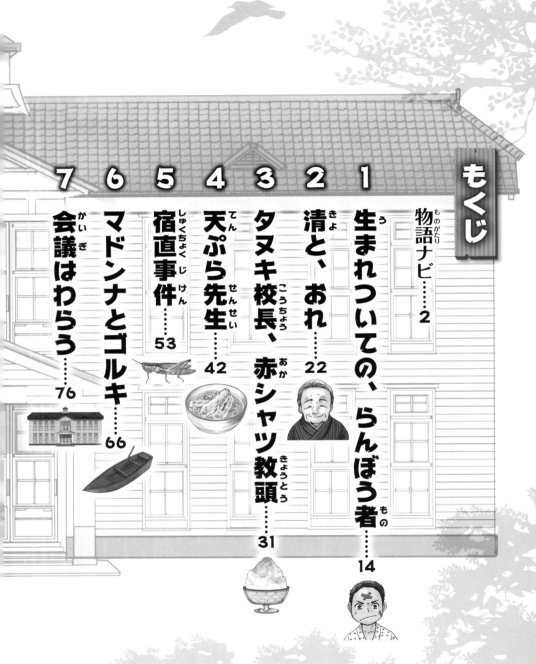

※この本《ほん》では、小学生《しょうがくせい》が楽《たの》しめるように、現代語表記《げんだいごひょうき》にし、
一部《いちぶ》の表現《ひょうげん》や文章《ぶんしょう》をわかりやすく言《い》いかえたり、省《はぶ》いたりしています。
また、登場人物《とうじょうじんぶつ》の設定《せってい》や挿絵《さしえ》についても、親《した》しみやすく表現《ひょうげん》をしています。

1 生《う》まれついての、らんぼう者《もの》

親《おや》ゆずりのむてっぽう*で、子《こ》どものときからそんばかりしている。

小学校《しょうがっこう》のとき、学校《がっこう》の二階《かい》からとびおりて、一週間《しゅうかん》ほどこしをぬかしたことがある。なぜ、そんなむちゃをしたかというと、二階《かい》から首《くび》を出《だ》していたら、同級生《どうきゅうせい》の一人《ひとり》が、

「いくらいばっても、そこからとびおりることは、できないだろう。弱虫《よわむし》やーい。」

と、はやしたからだ。

おんぶされて家《いえ》に帰《かえ》ると、おやじが、いった。

*むてっぽう…結果《けっか》を考《かんが》えずに、むちゃにつきすすもうとすること。

「二階《かい》からとびおりたぐらいで、こしをぬかすやつが、あるか。」
おれは答《こた》えた。
「この次《つぎ》は、こしをぬかさずに、とんでみせます。」

親類《しんるい》からもらった西洋製《せいようせい》のナイフの刃《は》を、友だちに見《み》せて、じまんしていたら、一人《ひとり》がいった。

「いくら光《ひか》っても、切《き》れそうにない。」

「切《き》れないことがあるか、なんでも切《き》ってみせる。」

「なら、きみの指《ゆび》を切《き》ってみろ。」

「なんだ、指《ゆび》ぐらい、このとおりだ。」

と、右《みぎ》の手《て》の親指《おやゆび》を、ななめに切《き》った。さいわいナイフが小《ちい》さく、骨《ほね》がかたかったので、今《いま》でも親指《おやゆび》は手《て》にくっついている。

うちの庭《にわ》に小《ちい》さな菜園《*1さいえん》があって、真《ま》ん中《なか》に、くりの木《き》が一本立《ぽんた》っていた。実《み》がじゅくすると、落《お》ちたのをひろってきて、学校《がっこう》で食《く》っていた。

菜園《さいえん》のとなりは山城屋《やましろや》という質屋《しちや》＊2で、勘太郎《かんたろう》というむすこがいた。勘太郎《かんたろう》は弱虫《よわむし》のくせに、かきねを乗《の》りこえて、くりをぬすみに来《く》る。

ある日《ひ》、とうとう勘太郎《かんたろう》をつかまえた。

勘太郎《かんたろう》は、おれにとびかかってきた。

向《む》こうは、二《ふた》つばかり年上《としうえ》だ。弱虫《よわむし》だが、力《ちから》は強《つよ》い。おれを頭《あたま》でぐいぐいおしたひょうしに頭《あたま》がすべって、そでの中《なか》に入《はい》ってしまった。勘太郎《かんたろう》は、そでの中《なか》で、おれのうでにかみついた。いたかったから、かきねにおしつける。足《あし》をかけて向《む》こうへたおすと、勘太郎《かんたろう》はかきねをくずし、土地《とち》がひくくなっている自分《じぶん》の家《いえ》の庭《にわ》へ、まっさかさまに落《お》ちて、「ぐう」といった。

友《とも》だち三人《にん》で、茂作《もさく》のにんじん畑《ばたけ》をあらしたことがある。

＊1菜園《さいえん》…野菜畑《やさいばたけ》。　＊2質屋《しちや》…品物《しなもの》をあずかり、お金《かね》をかす店《みせ》。

わらが一面《いちめん》にしいてある畑《はたけ》で、三人《にん》が半日《はんにち》すもうをとりつづけたら、にんじんの芽《め》が、みんなふみつぶされてしまった。田《た》んぼの井戸《いど》をうめたこともある。石《いし》やぼうきれを井戸《いど》の中《なか》へぎゅうぎゅうさしこんで、うちへ帰《かえ》ったら、田《た》んぼの持《も》ち主《ぬし》がどなりこんできた。

「こいつはどうせ、ろくな者《もの》にはならない。」

と、おやじは、おれをかわいがってくれなかった。

母《はは》は、おれを、

「らんぼうでらんぼうで、*1行《い》く先《さき》が案《あん》じられる。」

と、兄《あに》ばかりひいきにしていた。

兄《あに》は色《いろ》が白《しろ》くって、しばいのまねをして*2女形《おんながた》になるのが、すきだった。

母《はは》が病気《びょうき》で死《し》ぬ二、三日前《にちまえ》、台所《だいどころ》で宙《ちゅう》返《がえ》りをして、かまどの角《かど》で、あばら骨《ぼね》を打《う》って、とてもいたかった。

母《はは》がおこって、

「お前《まえ》のような者《もの》の顔《かお》は、見《み》たくない。」


*1行《い》く先《さき》を案《あん》ずる……これから先《さき》を心配《しんぱい》する。 *2女形《おんながた》……ここでは、歌舞《かぶ》伎《き》の女性《じょせい》の役《やく》のこと。

というから、親類《しんるい》へとまりに行《い》った。
すると、母《はは》が死《し》んだという知《し》らせが来《き》た。
（そんな大病《たいびょう》なら、もう少《すこ》し、おとなしくすればよかった。）
と思《おも》いながら帰《かえ》った。
そしたら、兄《あに》が、
「親不孝《おやふこう》だ。お前《まえ》のために、おっ母《か》さんが早《はや》く死《し》んだんだ。」
といった。くやしかったから、兄《あに》の横《よこ》っつらをはりとばして、たいへんしかられた。

母《はは》が死《し》んでからは、おやじと兄《あに》と三人《にん》でくらした。
「きさまはだめだ、だめだ。」

と、おやじは、おれの顔《かお》を見《み》るたび、口《くち》ぐせのようにいっていた。何《なに》がだめなんだか、わからない。

兄《あに》は*1実業家《じつぎょうか》になるといって、英語《えいご》を勉強《べんきょう》していた。なかが悪《わる》く、十日《とおか》に一《いっ》ぺんぐらい、けんかをしていた。

あるとき、将棋《しょうぎ》をさしたら、兄《あに》は、ひきょうな*2待《ま》ちごまをして、うれしそうにひやかした。はらが立《た》ったから、手《て》に持《も》っていた*3飛車《ひしゃ》を、兄《あに》の*4みけんへ、たたきつけた。みけんがわれて、少々血《しょうしょうち》が出《で》た。兄《あに》が、おやじにいいつけた。おやじは、おれと親子《おやこ》の縁《えん》を切《き》るといいだした。もうしかたがないと、かくごしていたら、*5下女《げじょ》の清《きよ》が、なきながらおやじにあやまって、ようやく、おやじのいかりがとけた。

*1実業家《じつぎょうか》…生産《せいさん》や経済《けいざい》に関係《かんけい》した仕事《しごと》をいとなむ人《ひと》。 *2待《ま》ちごま…将棋《しょうぎ》で、相手《あいて》の王将《おうしょう》のにげ道《みち》を予測《よそく》して、先《さき》にその道《みち》をふさぐように自分《じぶん》のこまを配置《はいち》しておくこと。 *3飛車《ひしゃ》…将棋《しょうぎ》の、こまの一《ひと》つ。 *4みけん…まゆとまゆの間《あいだ》。 *5下女《げじょ》…そうじや料理《りょうり》など、家庭内《かていない》の仕事《しごと》をするためにやとわれている女性《じょせい》。

2 清《きよ》と、おれ

下女《げじょ》の清《きよ》は、ゆいしょのある家《いえ》の出身《しゅっしん》だが、*1維新《いしん》のときに落《お》ちぶれて、ついに、住《す》みこみではたらくようになったそうだ。ばあさんである。このばあさんがどういうわけか、おれをひじょうにかわいがってくれた。

ときどき、清《きよ》は、おれをほめる。

「あなたは、まっすぐで、よい性格《せいかく》だ。」

「おれは、おせじはきらいだ。」

「それだから、よい性格《せいかく》なんです。」

といって、うれしそうにおれの顔《かお》をながめている。気持《きも》ちが悪《わる》い。

母《はは》が死《し》んでから、清《きよ》は、ますますおれをかわいがった。なぜ、こんなにかわいがってくれるのか、ふしぎだった。

寒《さむ》い夜《よる》は、まくらもとへ、*2そば湯《ゆ》を持《も》ってきてくれる。ときには、なべ焼《や》きうどんさえ買《か》ってくれた。くつに、たび、えんぴつや、*3帳面《ちょうめん》ももらった。

金《かね》を*4三円《えん》ばかり、かしてくれたことさえある。その三円《えん》を、*5がま口《ぐち》に入《い》れ

＊1維新《いしん》…ここでは明治維新《めいじいしん》のこと。明治時代《めいじじだい》のはじめに行《おこな》われた、いろいろな改革《かいかく》。＊2そば湯《ゆ》…そばをゆでた湯《ゆ》。＊3帳面《ちょうめん》…ノート。＊4三円《えん》…今《いま》の価値《かち》で約《やく》六万円《まんえん》。＊5がま口《ぐち》…口金《くちがね》のついたさいふ。

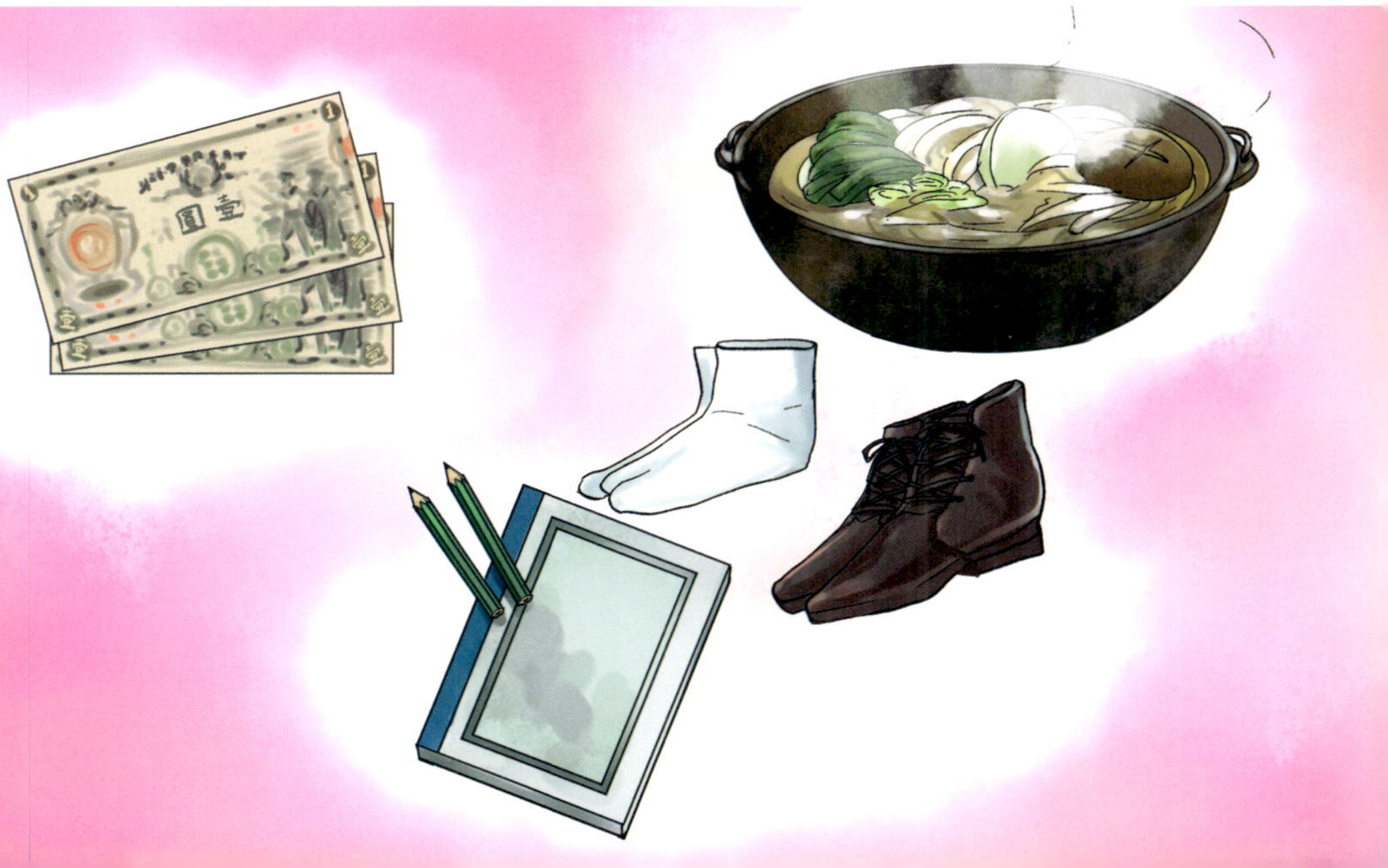

て、便所《べんじょ》へ行《い》ったら、すぽりと便所《べんじょ》の中《なか》へ落《お》としてしまった。しかたなく、清《きよ》に話《はな》したところ、清《きよ》は「取《と》ってあげます」と、いった。井戸《いど》ばたで、ざあざあ音《おと》がするから、出《で》てみたら、清《きよ》が、竹《たけ》のぼうの先《さき》にがま口《ぐち》を引《ひ》っかけて、水《みず》であらっている。がま口《ぐち》の口《くち》を開《あ》けて一円札《えんさつ》を見《み》ると、茶色《ちゃいろ》になっていた。

「これでいいでしょう」と、清《きよ》は＊1火《ひ》ばちで、かわかした。

おれは、ちょっと、かいだ。

「くさいや。」

「それじゃ、取《と》りかえてきてあげますから。」

と、清《きよ》はどこでどうごまかしたか、札《さつ》の代《か》わりに銀貨《ぎんか》を三円《えん》持《も》ってきた。

2　清と、おれ

清《きよ》は、おれが「しょうらい、車《くるま》に乗《の》って、りっぱなげんかんのある家《いえ》を、たてるにちがいない」といった。その家《いえ》に清《きよ》をおいてほしいのだそうだ。

母《はは》が死《し》んでから六年目《ねんめ》の正月《しょうがつ》に、おやじもそっ中《ちゅう》*2で亡《な》くなった。その年《とし》の四月《がつ》に、おれは中学校《ちゅうがっこう》*3を卒業《そつぎょう》した。六月《がつ》に商業学校《しょうぎょうがっこう》を卒業《そつぎょう》した兄《あに》は、ある会社《かいしゃ》の九州《きゅうしゅう》の支店《してん》に行《い》くことになり、「この家《いえ》を売《う》る」といいだした。道具屋《どうぐや》をよんできて、先祖代々《せんぞだいだい》のがらくたを売《う》った。家屋《いえや》しきは、ある金持《かねも》ちが買《か》った。これは、だいぶ金《かね》になったようだ。

清《きよ》は、どこかほかの家《いえ》ではたらくのかと思《おも》ったら、

*1火《ひ》ばち…灰《はい》を入《い》れて炭火《すみび》をつけて、湯《ゆ》をわかしたり、だんぼうに使《つか》ったりする用具《ようぐ》。　*2そっ中《ちゅう》…脳《のう》の血管《けっかん》が切《き》れたりつまったりして起《お》こる病気《びょうき》。　*3中学校《ちゅうがっこう》…ここでは旧制中学校《きゅうせいちゅうがっこう》を指《さ》す。今《いま》の中学校《ちゅうがっこう》・高等学校《こうとうがっこう》にあたる。

「あなたがおうちを持《も》って、おくさまをおもらいになるまで、おい*1のやっかいになりましょう。」

といった。このおいは、今《いま》までも清《きよ》に「わたしの家《いえ》に来《き》なさい」と、すすめていたのだが、清《きよ》は「たとえ下女奉公《げじょほうこう》*2でも、ずっと住《す》みなれた家《いえ》のほうがいい」と、ことわっていたのだった。

兄《あに》は、九州《きゅうしゅう》へ立《た》つ二日前《ふつかまえ》、下宿《げしゅく》へ来《き》て、金《かね》を六百円《えん》*3出《だ》してきた。

「これを資本《しほん》*4にして商売《しょうばい》をするなり、学費《がくひ》にするなり、すきに使《つか》うがいい。その代《か》わり、今後《こんご》は、おまえの世話《せわ》はしない」という。

礼《れい》をいって、もらっておいた。それから、兄《あに》は五十円《えん》出《だ》して、

「これを、ついでに清《きよ》にわたしてくれ。」

といったから、引《ひ》きうけた。

兄《あに》とは、二日後《ふつかご》、新橋《しんばし》の停車場《ていしゃば》*5でわかれたきり、その後《ご》、一度《いちど》も会《あ》っていない。

おれは、六百円《えん》の使用法《しようほう》について考《かんが》えた。六百円《えん》の金《かね》で商売《しょうばい》をしても、そんをするばかりだろうから、これを学費《がくひ》にして、勉強《べんきょう》しよう。六百円《えん》を三にわって、一年《ねん》に二百円《えん》ずつ使《つか》えば、三年間《ねんかん》は勉強《べんきょう》ができる。

だが、学問《がくもん》は、どれもこれもすきではない。

たまたま、物理学校《ぶつりがっこう》*6の前《まえ》を通《とお》りかかったら、生徒募集《せいとぼしゅう》の広告《こうこく》が出《で》ていたから、これも縁《えん》だ

＊1おい…兄弟姉妹《きょうだいしまい》のむすこ。＊2奉公《ほうこう》…やとわれて、よその家《いえ》に住《す》みこんではたらくこと。＊3六百円《えん》…今《いま》の価値《かち》で約《やく》千二百万円《えん》。＊4資本《しほん》…仕事《しごと》をするのに必要《ひつよう》なお金《かね》。＊5停車場《ていしゃば》…駅《えき》。＊6物理学校《ぶつりがっこう》…今《いま》の東京理科大学《とうきょうりかだいがく》。

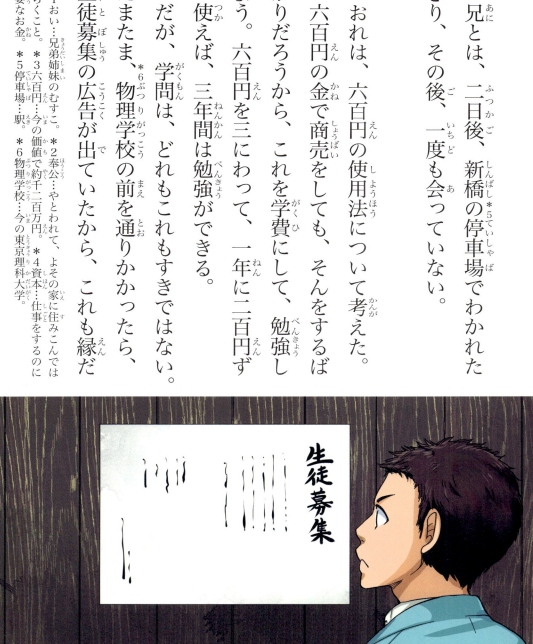

と、すぐ入学《にゅうがく》の手続《てつづ》きをしてしまった。

それから三年間《ねんかん》、人《ひと》なみに勉強《べんきょう》はしたが、成績《せいせき》は下《した》から数《かぞ》えるほうが早《はや》かった。しかし、ふしぎなもので、三年《ねん》たったら卒業《そつぎょう》してしまった。

「四国《しこく》の、ある中学校《ちゅうがっこう》で、数学《すうがく》の教師《きょうし》をもとめている。月給《げっきゅう》は四十円《えん》だが、行《い》ってはどうだ。」

卒業《そつぎょう》して八日目《ようかめ》に、校長《こうちょう》によばれ、そう相談《そうだん》された。なんのあてもなかったから、そくざに[*1]「行《い》く」と返事《へんじ》した。

生《う》まれてから東京《とうきょう》の外《そと》に出《で》たのは、鎌倉《かまくら》へ遠足《えんそく》したときだけだ。出発《しゅっぱつ》の三日前《みっかまえ》に、清《きよ》をたずねた。

「いなかへ行《い》くんだ」といったら、がっかりしたようすで、[*2]ごまし

おのびんのみだれを、しきりになでる。気《き》のどくだから、

「来年《らいねん》の夏休《なつやす》みには、きっと帰《かえ》るから。」

と、なぐさめた。

「みやげに、何《なに》か買《か》ってきてやろう。何《なに》がほしい？」

「越後《えちご》の、*3ささあめが食《た》べたい。」

越後《えちご》のささあめなんて、聞《き》いたこともないが、四国《しこく》とは、方角《ほうがく》がちがう。

出発《しゅっぱつ》の日《ひ》、清《きよ》は朝《あさ》から来《き》て、いろいろ世話《せわ》をやいた。歯《は》みがきと、ようじと、手《て》ぬぐいを、*4ズックのかばんに入《い》れてくれた。

停車場《ていしゃば》で、汽車《きしゃ》に乗《の》りこんだおれの顔《かお》をじっと見《み》て、いった。

「もう、おわかれになるかもしれません。ごきげんよう。」

*1そくざに…その場《ば》ですぐ。　*2ごましおのびん…ここでは、白髪《しらが》のまざった、びん（耳《みみ》わきのかみの毛《け》）のこと。
*3ささあめ…あわを原料《げんりょう》とした水《みず》あめを、ささでつつんだ菓子《かし》。新潟県《にいがたけん》の名物《めいぶつ》。　*4ズック…ここでは、綿《めん》または麻《あさ》の生地《きじ》のこと。

目《め》になみだが、いっぱいたまっている。
おれは、なかなかった。
しかし、もう少《すこ》しで、
なくところであった。
汽車《きしゃ》が動《うご》きだして、しばらくして、
まどから首《くび》を出《だ》して、ふりむいたら、
やっぱり立《た》っていた。
なんだか、たいへん小《ちい》さく見《み》えた。

3 タヌキ校長《こうちょう》、赤《あか》シャツ教頭《きょうとう》

ぶうといって汽船《きせん》が止《と》まる。

小舟《こぶね》が岸《きし》をはなれて、こぎよせてきた。

日《ひ》が強《つよ》いので、水《みず》がいやに光《ひか》る。見《み》つめていても目《め》がくらむ。

陸《りく》に着《つ》き、停車場《ていしゃば》から汽車《きしゃ》に乗《の》りこむ。マッチ箱《ばこ》のような汽車《きしゃ》だ。

ごろごろと五分《ふん》ばかり動《うご》いたら、もうおりる。切《きっ》ぷが安《やす》いわけだ。

それから*1人力車《じんりきしゃ》に乗《の》って中学校《ちゅうがっこう》へ来《き》たら、放課後《ほうかご》でだれもいない。

「宿屋《やどや》へつれていってくれ」と*2車夫《しゃふ》にたのむと、車夫《しゃふ》は、山城屋《やましろや》という旅館《りょかん》へ横《よこ》づけにした。

*1人力車《じんりきしゃ》…後《うし》ろの席《せき》に人《ひと》を乗《の》せ、人《ひと》がひいて走《はし》る乗《の》り物《もの》。　*2車夫《しゃふ》…人力車《じんりきしゃ》を引《ひ》く人《ひと》。

山城屋《やましろや》は、勘太郎《かんたろう》の質屋《しちや》の名前《なまえ》と同《おな》じだから、ちょっとおもしろく思《おも》った。二階《かい》の階段《かいだん》の下《した》の、暗《くら》い部屋《へや》へ案内《あんない》された。

(暑《あつ》くって、いられやしない。)

「こんな部屋《へや》は、いやだ。」

と、*1女中《じょちゅう》にいったら、ほかの部屋《へや》は、みんなふさがっているという。

しかたがないから、あせをかいてがまんしていた。

やがて、ふろに入《はい》り、帰《かえ》りがけにのぞいてみると、すずしそうな部屋《へや》がたくさんあいている。

(*2しっけいなやつだ。うそをつきやがった。)

めしは、東京《とうきょう》の下宿《げしゅく》よりも、だいぶうまかった。

すぐ横《よこ》になったが、なかなかねられない。

うとうとしたら、清《きよ》の夢《ゆめ》を見《み》た。清《きよ》が越後《えちご》のささあめを、ささごと、むしゃむしゃ、うまそうに食《く》っている。

「ささは、どくだからよせ」と、おれがいうと、

「いえ、このささがお薬《くすり》でございます。」

という。あきれてハハハハとわらったら、目《め》がさめた。

女中《じょちゅう》が、雨戸《あまど》を開《あ》けている。

旅《たび》の宿《やど》では、*3茶代《ちゃだい》を出《だ》さないと、*4そまつに取《と》りあつかわれるそうだ。せまくて暗《くら》い部屋《へや》へおしこめられたのも、茶代《ちゃだい》をやらないせいだろうか。

(人《ひと》を見《み》くだしたな。よし、茶代《ちゃだい》をやって、おどろかしてやろう。)

夕《ゆう》べと同《おな》じ女中《じょちゅう》が、*5ぜんを持《も》ってきた。

*1女中《じょちゅう》…ここでは、やとわれて、宿屋《やどや》につとめる女性《じょせい》。　*2しっけい…失礼《しつれい》。無礼《ぶれい》。　*3茶代《ちゃだい》…ここでは、旅館《りょかん》や飲食《いんしょく》店《てん》で、とまるための費用《ひよう》以外《いがい》に心《こころ》づけ（お礼《れい》）としてわたすお金《かね》。チップ。　*4そまつに…ここでは、いいかげんに、の意味《いみ》。　*5ぜん…一人前《いちにんまえ》の食事《しょくじ》をのせた台《だい》。

「これを[*1]帳場《ちょうば》へ持《も》っていけ。」

五円札《えんさつ》を一まい出《だ》した。

それから、めしをすまして、すぐ学校《がっこう》へ出《で》かけた。


校長《こうちょう》は、ひげがうすく、色《いろ》が黒《くろ》く、目《め》の大《おお》きなタヌキのような男《おとこ》だ。

「教師《きょうし》として、そんけいされなくてはいかん。」

とか、いろいろ[*2]むやみな注文《ちゅうもん》をしてくる。

「とても、おっしゃるとおりには、できません。[*3]辞令《じれい》は返《かえ》します。」

といったら、校長《こうちょう》は、タヌキのような目《め》をぱちつかせて、いった。
「あなたが希望《きぼう》どおりできないのは、よく知《し》っているから、心配《しんぱい》しなくってもいい。」

だったら、はじめから、おどさなければいいのに。

そうこうするうちに、時間《じかん》を知《し》らせるラッパが鳴《な》った。＊4教員《きょういん》ひかえ所《じょ》へ入《はい》り、一人一人《ひとりひとり》の前《まえ》で、あいさつをした。

教頭《きょうとう》は、女《おんな》のような、やさしい声《こえ》を出《だ》す。暑《あつ》いのに、＊5フランネルの赤《あか》いシャツを着《き》ている。あとから聞《き》いたら、この男《おとこ》は、年《ねん》がら

＊1帳場《ちょうば》…旅館《りょかん》などの会計《かいけい》をとりしきる所《ところ》。＊2むやみな…ひどい。＊3辞令《じれい》…仕事《しごと》につくことを知《し》らせる正式文書《せいしきぶんしょ》。＊4教員《きょういん》ひかえ所《じょ》…教師《きょうし》が授業《じゅぎょう》がはじまるまで待《ま》つ部屋《へや》。職員室《しょくいんしつ》を指《さ》す場合《ばあい》もある。＊5フランネル…やわらかな毛織物《けおりもの》。

年《ねん》じゅう赤《あか》シャツを着《き》ているんだという。赤《あか》は、体《からだ》に薬《くすり》になるから、わざわざあつらえる[*1]んだそうだ。

それから、英語《えいご》の教師《きょうし》に古賀《こが》という、たいへん顔色《かおいろ》が悪《わる》く、ふくれている男《おとこ》がいた。

清《きよ》は、「うらなり[*2]のトウナス[*3]ばかり食《た》べてると、顔《かお》が青《あお》くふくれるんです」といっていた。この英語《えいご》の教師《きょうし》も、うらなりばかり食《く》ってるにちがいない。だが、うらなりとは何《なん》のことだろう。

それから、おれと同《おな》じ数学《すうがく》の教師《きょうし》に、堀田《ほった》というのがいた。たくましい僧兵《そうへい》[*4]のような体格《たいかく》で、いがぐり頭《あたま》[*5]、いかつい顔《かお》だ。

「やあ、きみが新任《しんにん》の人《ひと》か、ちと遊《あそ》びに来《き》たまえ、アハハハ！」

といった。

＊1あつらえる…注文《ちゅうもん》する。＊2うらなり…ウリ・カボチャなどの、つるの先《さき》のほうに、時期《じき》がおそくなってからできる実《み》。青白《あおじろ》い。＊3トウナス…カボチャのこと。＊4僧兵《そうへい》…寺《てら》や寺《てら》の土地《とち》を守《まも》るために、武器《ぶき》を持《も》って戦《たたか》った僧《そう》。

何《なに》がアハハハだ。こんな礼《れい》ぎを心《こころ》えぬやつの所《ところ》へ、だれが遊《あそ》びに行《い》くものか。おれは、この坊主《ぼうず》に「山嵐《やまあらし》」というあだ名《な》をつけた。

＊6画学《ががく》の教師《きょうし》は、まったく芸人風《げいにんふう》だ。べらべらした＊7はおりを着《き》て、せんすをぱちつかせ、へらへらしながら、いう。

「お国《くに》はどちらでげす、え？　東京《とうきょう》？　そりゃうれしい、お仲間《なかま》ができて……わたしもこれで＊8江戸《えど》っ子《こ》です。」

こんなのが江戸《えど》っ子《こ》なら、江戸《えど》には生《う》まれたくないもんだ。

あいさつがすんだら、校長《こうちょう》が、

「授業《じゅぎょう》のことは、数学《すうがく》の主任《しゅにん》と打《う》ち合《あ》わせをしてくれ。」

といった。数学《すうがく》の主任《しゅにん》は、れいの山嵐《やまあらし》だ。

その山嵐《やまあらし》は、

＊5いがぐり頭《あたま》…全体《ぜんたい》を短《みじか》く切《き》った、かみ型《がた》。＊6画学《ががく》…今《いま》の美術《びじゅつ》のこと。＊7はおり…着物《きもの》の上《うえ》に着《き》る、たけの短《みじか》い上着《うわぎ》。＊8江戸《えど》っ子《こ》…ここでは江戸《えど》（東京《とうきょう》）で生《う》まれそだった人《ひと》。

「おい、きみ、山城屋《やましろや》にとまってるのか。あとで行《い》って、相談《そうだん》する。」

といいのこして、*1教場《きょうじょう》へ出《で》ていった。自分《じぶん》から来《く》るなら、よびつけるよりは感心《かんしん》だ。

宿屋《やどや》に帰《かえ》ると、かみさんが急《きゅう》にとびだしてきた。

「お帰《かえ》りなさいませ。」

と、*2板《いた》の間《ま》へ頭《あたま》をつける。

「お座《ざ》しきが、あきましたから。」

と、女中《じょちゅう》が二階《かい》の十五畳《じょう》で、大《おお》きな*3床《とこ》の間《ま》がついている部屋《へや》に案内《あんない》した。

＊1教場《きょうじょう》…教室《きょうしつ》。＊2板《いた》の間《ま》…床《ゆか》を板《いた》じきにした部屋《へや》や場所《ばしょ》。＊3床《とこ》の間《ま》…かけじくや生《い》け花《ばな》などをかざる、和室《わしつ》の一段高《だんたか》い所《ところ》。

洋服《ようふく》をぬいで、ゆかた一まいになり、座《ざ》しきの真《ま》ん中《なか》へ大《だい》の字《じ》にねてみた。いい気《き》持《も》ちだ。

昼《ひる》めしを食《く》ってから、清《きよ》へ手紙《てがみ》を書《か》いた。

　きのう着《つ》いた。つまらん所《ところ》だ。

　宿屋《やどや》へ茶代《ちゃだい》を五円《えん》やったら、かみさんが、頭《あたま》を板《いた》の間《ま》へすりつけた。清《きよ》が、ささあめを、ささごと食《く》う夢《ゆめ》を見《み》た。

　今日学校《きょうがっこう》へ行《い》って、みんなにあだ名《な》をつけてやった。校長《こうちょう》はタヌキ、教頭《きょうとう》は赤《あか》シャツ、英語《えいご》の教師《きょうし》はうらなり、数学《すうがく》は山嵐《やまあらし》、画学《ががく》は、＊4の野だいこ。そのうち、いろいろ手紙《てがみ》に書《か》いてやる。

　さようなら。

＊4野《の》だいこ…ここでは人《ひと》に気《き》に入《い》られようと、きげんをとる意味《いみ》のたいこ持《も》ちに、都心《としん》ではないという意味《いみ》の野《の》をつけていると考《かんが》えられる。

手紙《てがみ》を書《か》いていたらねむくなって、座《ざ》しきの真《ま》ん中《なか》で大《だい》の字《じ》にねた。

「この部屋《へや》かい。」

と、大《おお》きな声《こえ》がするので、目《め》がさめたら、山嵐《やまあらし》が入《はい》ってきた。

「さきほどは失礼《しつれい》、きみの受《う》け持《も》ちは……。」

と、いきなり打《う》ち合《あ》わせをはじめる。それがすむと、いった。

「ぼくが、いい下宿《げしゅく》をしょうかいするから、そこにうつりたまえ。今日見《きょうみ》て、あしたうつって、あさってから学校《がっこう》へ行《い》けば、つごうがいい。」

なるほど十五畳《じょう》の広《ひろ》い部屋《へや》にいたら、月給《げっきゅう》をみんな宿料《やどりょう》にはらっても、追《お》っつかないかもしれぬ。どうせうつるものなら、早《はや》く引《ひ》っこしたほうがいいから、山嵐《やまあらし》にたのむことにした。すると、山嵐《やまあらし》は「ともかくも、いっしょに来《き》てみろ」というから、ついていった。

山嵐《やまあらし》にしょうかいされたのは、町《まち》はずれの、とてもしずかな所《ところ》にある家《いえ》だった。主人《しゅじん》は、*1骨《こっ》とうを売買《ばいばい》する「いか銀《ぎん》」という男《おとこ》だ。

あしたから、うつることにした。

帰《かえ》りに山嵐《やまあらし》は、氷水《こおりみず》を一ぱい、おごってくれた。いろいろ世話《せわ》をしてくれて、悪《わる》い男《おとこ》でもなさそうだ。ただ、おれと同《おな》じように*2せっかちで、*3かんしゃく持《も》ちらしい。

あとで聞《き》いた話《はなし》だが、この山嵐《やまあらし》が、生徒《せいと》にいちばん*4人望《じんぼう》があるのだそうだ。

*1骨《こっ》とう…美術品《びじゅつひん》として、ねうちのある古《ふる》い道具《どうぐ》。＊2せっかち…気《き》が短《みじか》く、先《さき》を急《いそ》いで落《お》ちつきがないこと。＊3かんしゃく持《も》ち…少《すこ》しのことに、すぐにはらを立《た》てる性質《せいしつ》。＊4人望《じんぼう》…人々《ひとびと》からたよりにされ、そんけいされること。

4 天《てん》ぷら先生《せんせい》

いよいよ学校《がっこう》へ出《で》た。
はじめて教場《きょうじょう》に出《で》て、高《たか》い所《ところ》から教《おし》える。
さいしょの一時間《じかん》は何《なに》もなくすんだが、二時間目《じかんめ》の組《くみ》は、体格《たいかく》の大《おお》きな強《つよ》そうな生徒《せいと》ばかりだ。
おれは、元気《げんき》はよくても小《こ》がらだから、高《たか》い所《ところ》にいても、見《み》ばえがしない。けんかなら、すもうとりとでも、やってみせるが、こんな大《おお》きな連中《れんちゅう》を四十人《にん》も前《まえ》にして、ちょっと、ひるんだ*1。なるべく大《おお》きな声《こえ》で、江戸《えど》っ子《こ》らしいまきじた*2で、授業《じゅぎょう》をした。

＊1ひるむ…弱気《よわき》になる。こわいという気持《きも》ちになる。＊2まきじた…したの先《さき》をまくようにして、いきおいよくラ行《ぎょう》を発音《はつおん》すること。＊3べらんめえ調《ちょう》…いせいのいい言葉《ことば》の調子《ちょうし》。

さいしょのうちは、生徒《せいと》も、おとなしく聞《き》いていたから、得意《とくい》になってべらんめえ*3調《ちょう》で教《おし》えていたら、いちばん前《まえ》の列《れつ》の、いちばん強《つよ》そうな生徒《せいと》が、いきなり起立《きりつ》して「先生《せんせい》！」といった。

（そらきた。）

と、ひやりとする。

「なんだ。」

「あまり速《はや》くてわからんから、もちっと、ゆるゆるやって、おくれんかな、もし。」

おれはほっとして、答《こた》えた。

「速《はや》すぎるなら、ゆっくりいってやるが、おれは江戸《えど》っ子《こ》だから、きみらの言葉《ことば》ではいえない。そのうちわかるから、がまんしろ。」

この調子《ちょうし》で、二時間目《じかんめ》は思《おも》ったより、うまくいった。

帰《かえ》りがけに生徒《せいと》の一人《ひとり》が、「ちょっと、この問題《もんだい》を説明《せつめい》しておくれんかな、もし」と、できそうもない[*1]幾何《きか》の問題《もんだい》を持《も》って、せまってきた。むずかしい。おれは、ひやあせを流《なが》した。

「なんだかわからない。この次《つぎ》教《おし》えてやる。」

といって、さっさと引《ひ》きあげたら、生徒《せいと》が「わあ！」と、[*2]はやした。

「できんできん」という声《こえ》が聞《き》こえる。

下宿《げしゅく》に帰《かえ》ると、宿《やど》の主人《しゅじん》がおれ用《よう》の茶《ちゃ》を勝手《かって》に飲《の》みながら、骨《こっ》とうを買《か》え、買《か》えといってすすめてきた。「いらない」とことわったが、それから毎日《まいにち》、学校《がっこう》から帰《かえ》ると「お茶《ちゃ》を入《い》れましょう」とやってきて、骨《こっ》とう品《ひん》を見《み》せ、買《か》ってくれという。

「金《かね》がない。金《かね》があっても、買《か》わない。」

と追《お》っぱらっても、次《つぎ》から次《つぎ》へと、骨《こっ》とうを持《も》ってくる。骨《こっ》とうぜめだ。これには、こまった。

ある晩《ばん》、散歩《さんぽ》していたら、「そば」という看板《かんばん》があった。おれは、そばが大《だい》すきだ。一ぱい食《く》っていこうと思《おも》って、店《みせ》に上《あ》がりこんだ。

＊1幾何《きか》…幾何学《きかがく》のこと。図形《ずけい》について研究《けんきゅう》する数学《すうがく》の分野《ぶんや》の一《ひと》つ。＊2はやす…声《こえ》を出《だ》したり手《て》を打《う》ったりして、わいわいさわぐ。

「おい、天《てん》ぷらをたのむ。」

大《おお》きな声《こえ》を出《だ》すと、すみのほうに三人《にん》かたまって、何《なに》かつるつる、ちゅうちゅう食《く》ってた連中《れんちゅう》が、おれのほうを見《み》た。みんな、学校《がっこう》の生徒《せいと》だ。あいさつをしてきたから、おれもあいさつをした。

うまかったから、天《てん》ぷらを四はい、たいらげた。

よく日《じつ》、教場《きょうじょう》へ入《はい》ると、黒板《こくばん》いっぱいに、大《おお》きな字《じ》で「**天《てん》ぷら先生《せんせい》**」と書《か》いてある。

おれの顔《かお》を見《み》て、みんな「わあ」とわらった。

「天《てん》ぷらを食《く》っちゃ、おかしいか。」

と、おれがいうと、だれかが答《こた》えた。

「しかし四はいは、＊1すぎるぞな、もし。」

「四はい食《く》おうが、五はい食《く》おうが、おれの＊2銭《ぜに》でおれが食《く》うのに、文句《もんく》があるもんか。」

といって、さっさと講義《こうぎ》をすませた。

次《つぎ》の教場《きょうじょう》へ出《で》ると、**「一《ひと》つ、天《てん》ぷら四はいなり。ただし、わらうべからず」**と黒板《こくばん》に書《か》いてある。

今度《こんど》は、しゃくにさわった。ほかに、おもしろいことがないから、天《てん》ぷら事件《じけん》を、＊3日露戦争《にちろせんそう》のようにふれちらかすんだろう。むじゃき

＊1すぎる…食《た》べすぎる。　＊2銭《ぜに》…お金《かね》のこと。とくに、金《きん》・銀《ぎん》・銅《どう》など金属《きんぞく》でつくったお金《かね》。　＊3日露戦争《にちろせんそう》…一九〇四年《ねん》～一九〇五年《ねん》、日本とロシアの間《あいだ》で起《お》こった戦争《せんそう》。

なら、いっしょにわらってもいいが、これはなんだ。おれはだまって字《じ》を消《け》して、いった。

「こんないたずらがおもしろいか。ひきょうなじょうだんだ。きみらは、『ひきょう』という意味《いみ》を知《し》ってるか。」

すると、

「自分《じぶん》がしたことをわらわれて、おこるのが、ひきょうじゃろうがな、もし。」

と、答《こた》えたやつがある。

「よけいな*1へらず口《ぐち》をきかないで、勉強《べんきょう》しろ。」

おれはそういって、授業《じゅぎょう》をはじめた。

それから、次《つぎ》の教室《きょうしつ》へ行《い》ったら、「**天《てん》ぷらを食《く》うと、へらず口《ぐち》が**

ききたくなるものなり」と書《か》いてある。あんまりはらが立《た》ったから、

「そんな生意気《なまいき》なやつは、教《おし》えない。」

といって、さっさと帰《かえ》った。

生徒《せいと》は休《やす》みになって、よろこんだそうだ。

こうなると、学校《がっこう》より、骨《こっ》とうを売《う》られるほうが、まだましだ。

だが、天《てん》ぷらそばも、一晩《ひとばん》ねたら、そんなにはらも立《た》たなくなった。学校《がっこう》へ出《で》てみると、生徒《せいと》も、けろりとして授業《じゅぎょう》に出《で》ている。

それから四日目《よっかめ》の晩《ばん》に、住田《すみた》という所《ところ》へ行《い》って、だんごを食《く》った。

住田《すみた》は温泉《おんせん》のある町《まち》で、汽車《きしゃ》だと十分《ぷん》ばかり、歩《ある》いて三十分《ぷん》で行《い》ける。住田《すみた》のだんご屋《や》は、たいへんうまいという*2評判《ひょうばん》だから、温泉《おんせん》に行《い》った帰《かえ》りに、ちょっと食《く》ってみた。

＊1へらず口《ぐち》…負《ま》けおしみをいうこと。また、その言葉《ことば》。＊2評判《ひょうばん》…ここでは、世間《せけん》の人《ひと》によく知《し》られていて話題《わだい》になっていること。

生徒《せいと》にも会《あ》わなかったから、だれも知《し》るまいと思《おも》って、よく日学校《じつがっこう》へ行《い》って、一時間目《じかんめ》の教場《きょうじょう》へ入《はい》ると、「**だんご二皿《さら》*1七銭《せん》**」と書《か》いてある。じっさいおれは、二皿《さら》食《く》って七銭《せん》はらった。二時間目《じかんめ》には、「**だんご　うまいうまい**」と書《か》いてある。あきれかえったやつらだ。

だんごがすんだら、今度《こんど》は温泉《おんせん》だ。

おれはここへ来《き》てから、毎日《まいにち》、住田《すみた》にある温泉《おんせん》へ行《い》くことに決《き》めている。この町《まち》の温泉《おんせん》は、りっぱなのだ。毎日《まいにち》、晩《ばん》めし前《まえ》に、大《おお》きな*2西洋手《せいようて》ぬぐいを、ぶらさげていく。この手《て》ぬぐいが湯《ゆ》にそまったうえ、赤《あか》いしまが流《なが》れだして、紅色《べにいろ》

に見《み》える。それで生徒《せいと》が、おれのことを「赤手《あかて》ぬぐい、赤《あか》手《て》ぬぐい」とよぶのだ。

温泉《おんせん》の湯《ゆ》ぶねは、十五畳《じょう》じきぐらいの広《ひろ》さでしきられ、たいていは十三、四人入《にんはい》ってるが、たまにだれもいないことがある。おれは人《ひと》のいないのを見《み》はからって、十五畳《じょう》の湯《ゆ》ぶねを、泳《およ》ぎまわってよろこんでいた。

＊１銭《せん》…昔《むかし》、日本で使《つか》われていたお金《かね》の単位《たんい》。一銭《せん》は、今《いま》のお金《かね》で約《やく》百円《えん》から二百円《えん》。＊２西洋手《せいようて》ぬぐい…タオルのこと。

ところがある日《ひ》、今日《きょう》も泳《およ》げるかなと、のぞいてみると、湯《ゆ》ぶねの入《い》り口《ぐち》に、**「湯《ゆ》の中《なか》で泳《およ》ぐべからず」**とはり紙《がみ》がしてある。学校《がっこう》へ出《で》ると、黒板《こくばん》に**「湯《ゆ》の中《なか》で泳《およ》ぐべからず」**と書《か》いてある。生徒《せいと》みんなで、おれ一人《ひとり》を監視《かんし》しているようだ。*くさくさした。それで、うちへ帰《かえ》ると、あいかわらず、宿《やど》の主人《しゅじん》から、骨《こっ》とうぜめである。

＊くさくさ…気持《きも》ちが晴《は》れず、いらいらするようす。

5 宿直《しゅくちょく》事件《じけん》

学校《がっこう》には*1宿直《しゅくちょく》があって、職員《しょくいん》が、かわるがわる、これをつとめる。この宿直《しゅくちょく》が、いよいよおれの番《ばん》にまわってきた。

おれは、自分《じぶん》のふとんでねないと、ねた心地《ここち》がしない。子《こ》どものときから、友《とも》だちのうちへとまったことは、ほとんどない。友《とも》だちのうちでさえいやなんだから、学校《がっこう》の宿直《しゅくちょく》はもっといやだが、仕事《しごと》のうちならしかたがない。

宿直部屋《しゅくちょくべや》は学校《がっこう》のうらの*2寄宿舎《きしゅくしゃ》の一室《いっしつ》だ。入《はい》ってみると、西日《にしび》がさして暑《あつ》い。温泉《おんせん》に行《い》きたくなって、さっさと出《で》かけた。

*1宿直《しゅくちょく》…学校《がっこう》や会社《かいしゃ》などで、つとめている人《ひと》がこうたいでとまりこみ、夜《よる》の番《ばん》をすること。　*2寄宿舎《きしゅくしゃ》…学生《がくせい》や会社員《かいしゃいん》が、共同《きょうどう》で生活《せいかつ》する施設《しせつ》。

温泉《おんせん》からの帰《かえ》り道《みち》、学校《がっこう》まで歩《ある》きだすと、向《む》こうから校長《こうちょう》のタヌキが来《き》たから、あいさつをした。すると、タヌキは、

「あなたは今日《きょう》、宿直《しゅくちょく》ではなかったですかねえ。」

と、まじめくさって、きいてくる。

「ええ、宿直《しゅくちょく》です。宿直《しゅくちょく》ですから、これから帰《かえ》って、たしかにとまります。」

といって、すまして歩《ある》きだした。

四《よ》つ角《かど》まで来《く》ると、今度《こんど》は山嵐《やまあらし》に出《で》っくわした。

「宿直《しゅくちょく》がむやみに出歩《である》いたら、だめじゃないか。校長《こうちょう》か教頭《きょうとう》に出会《であ》うと、めんどうだぜ。」

「校長《こうちょう》には、たった今《いま》、会《あ》ったさ。」

日《ひ》がくれて、ねまきに着《き》がえ、かや*をまくり毛布《もうふ》をはねのけて、いつものように、とんとしりもちをついて、あおむけになった。足《あし》をうんとのばすと、何《なに》かが、両足《りょうあし》へとびついてくる。こいつぁ、何《なん》だとおどろいて、足《あし》を二、三度《ど》、毛布《もうふ》の中《なか》でふってみた。すると、ざらざらとあたったものが、急《きゅう》にふえだした。すねが五、六か所《しょ》、ももが二、三か所《しょ》、しりの下《した》でふみつぶしたのが一《ひと》つ、へその所《ところ》まで、とびあがったのが一《ひと》つ。

「うわっ！　何《なん》だこれは！」

おどろいて、毛布《もうふ》をぱっと後《うし》ろへ

＊かや……ねるとき、蚊《か》や害虫《がいちゅう》にさされないように、部屋《へや》につるす、おおい。

ほうりなげると、ふとんの中《なか》から、バッタが五、六十、とびだした。

起《お》きあがり、まくらをなげつけたが、相手《あいて》が小《ちい》さいから、ききめがない。そこで、しかたなくバッタのいるふとんにすわって、まくらで、そこらを、ひたすらたたいた。バッタがおどろいて、肩《かた》や、頭《あたま》や鼻《はな》の先《さき》へ、くっついたり、ぶつかったりする。顔《かお》についたやつは、手《て》でつかんで投《な》げつけても、かやにつかまっている。

三十分《ぷん》ばかりで、ようやくたいじした。

ほうきを持《も》ってきて、バッタをはきだすと、用務員《ようむいん》が来《き》た。

「だれが、こんなことをしたんだ。」

「わたしは知《し》りません。」

「知《し》りませんで、すむか。」

用務員《ようむいん》は、ほうきをかついで、にげるように出《で》ていった。

おれは、すぐに＊1寄宿生《きしゅくせい》をよびだした。すると、六人出《にんで》てきた。

ねまきのまま、うでまくりをして、問《と》いつめる。

「なんでバッタなんか、おれの＊2床《とこ》の中《なか》へ入《い》れた。」

「バッタた、何《なん》ぞな。」

「バッタを知《し》らないのか。知《し》らなけりゃ、見《み》せてやろう。」

おれはバッタの一《ひと》つを生徒《せいと》に見《み》せて、いった。

「バッタとは、これだ。」

「そりゃ、イナゴぞな、もし。」

「べらぼうめ！　イナゴもバッタも同《おな》じもんだ。第一《だいいち》、先生《せんせい》をつかまえて、『なもし』とは、なんだ。『＊3菜飯《なめし》』は＊4田楽《でんがく》のときしか、

＊1寄宿生《きしゅくせい》…学校《がっこう》の宿舎《しゅくしゃ》にねとまりしている生徒《せいと》。＊2床《とこ》…ねどこ。＊3菜飯《なめし》…きざんだ青菜《あおな》をたきこんだ、または、まぜた飯《めし》。＊4田楽《でんがく》…ここでは、田楽《でんがく》どうふのこと。とうふにみそをぬってくしにさし、やいた食《た》べ物《もの》。

食《た》べないもんだ。」

「なもしと、菜飯《なめし》とはちがうぞな、もし。」

「うるさい。イナゴでもバッタでもいいが、おれがいつ、バッタを入《い》れてくれとたのんだ。」

「だれも、入《い》れやせんがな。」

「入《い》れないものが、どうしてふとんの中《なか》にいる。」

「イナゴは、*1ぬくい所《ところ》がすきじゃから、*2おおかた、一人《ひとり》でお入《はい》りになったのじゃろ。」

「ばかいえ！　バッタに一人《ひとり》でお入《はい》りになられて、たまるもんか。」

しばらく*3おし問答《もんどう》をして、六人《にん》をはなしてやった。

また床《とこ》へ入《はい》ると、蚊《か》がぶんぶん、うなっている。追《お》いはらおうとして、かやをはずしてふったら、つり輪《わ》がとんできて、手《て》の甲《こう》を、いやというほどぶった。

三度目《どめ》に床《とこ》へ入《はい》って時計《とけい》を見《み》ると、十時半《じはん》だ。なかなかねられない。やっかいな所《ところ》へ来《き》たもんだ。こんなことがあるなんて、中学《ちゅうがく》の教師《きょうし》なんか、やってられない。

急《きゅう》に清《きよ》のことを思《おも》いだした。

今《いま》まで、あんなに世話《せわ》になったくせに、ありがたいとも思《おも》わなかったが、こうして一人《ひとり》で遠《とお》い国《くに》に来《き》てみると、清《きよ》の親切《しんせつ》がよくわかる。

清《きよ》は、おれのことを、まっすぐな性格《せいかく》だとほめてくれたが、おれな

＊1ぬくい…あたたかい。　＊2おおかた…ここでは、たぶんの意味《いみ》。　＊3おし問答《もんどう》…おたがいに自分《じぶん》の意見《いけん》をとおそうとして、いつまでもいいあうこと。

んかよりも、清《きよ》のほうが、よっぽどりっぱな人間《にんげん》だ。なんだか、むしょうに清《きよ》に会《あ》いたくなった。

そのときだ。

どん、どん、どん。

とつぜんおれの頭《あたま》の上《うえ》で、二階《かい》のゆか板《いた》をふみならす音《おと》がして、三、四十人《にん》くらいの大《おお》きな声《こえ》が起《お》こった。

「ははあ、さっきの仕返《しかえ》しに、生徒《せいと》があばれているのだな。」

ねまきのまま部屋《へや》をとびだして、二階《かい》まで、かけあがった。すると、どたばたあばれていたのが、急《きゅう》にしずまりかえった。ろう下《か》のはずれから月《つき》がさして、向《む》こうが明《あか》るくなっている。

どうもへんだ。おれは、子《こ》どものときから、よく夢《ゆめ》を見《み》るくせがあって、いきなりはねおきて、ねごとをいって、わらわれたことがある。

十六、七のとき、ダイヤモンドをひろった夢《ゆめ》を見《み》て、むくりと起《お》きあがり、そばにいた兄《あに》に、

「今《いま》の、ダイヤモンドはどうした。」

と、すごいいきおいでたずね、うちじゅうでわらわれた。

（もしかしたら、今《いま》のも夢《ゆめ》だったのかもしれない。）

そのときだ。

「一、二、三、わあ！」

明《あか》るいほうから三、四十人《にん》の声《こえ》がかたまってひびき、一同《いちどう》がゆか板《いた》をふみならしはじめた。

（やっぱり、夢《ゆめ》じゃない！）

「しずかにしろ、夜中《よなか》だぞ！」

と、ろう下《か》を向《む》こうへかけだした。すると、かたい大《おお》きな物《もの》に向《*む》こうずねをぶつけて、転《ころ》んだ。起《お》きあがったが、歩《ある》けない。一本足《ぽんあし》でとんでいくと、もう、しずまりかえって、しんとしている。

　かくれているやつを引《ひ》きずりだそうと、寝室《しんしつ》を開《あ》けようとしたが、開《あ》かない。おしても、おしても開《あ》かない。すると、今度《こんど》は反対《はんたい》がわから、大《おお》さわぎと足《あし》ぶみがはじ

まった。二手《ふたて》に分《わ》かれて、やっているのだ。

おれは、ろう下《か》の真《ま》ん中《なか》であぐらをかいて、夜《よ》の明《あ》けるのを待《ま》った。だが、そのうち、つかれが出《で》て、つい、うとうとねてしまった。

なんだかさわがしくて、目《め》がさめた。

「しまった！」

と、とびあがると、生徒《せいと》が二人《ふたり》、おれの前《まえ》に立《た》っている。鼻《はな》の先《さき》にあった生徒《せいと》の足《あし》を引《ひ》っつかんで、ぐいと引《ひ》いたら、どたりと、あおむけにたおれた。のこる一人《ひとり》にとびかかり、二、三度《ど》、こづきまわした。

「さあ、おれの部屋《へや》まで来《こ》い！」

夜《よる》は、とっくに明《あ》けている。

＊向《む》こうずね…ひざから、くるぶしまでの部分《ぶぶん》。

宿直部屋《しゅくちょくべや》で問《と》いつめると、「知《し》らんがな」というだけで、何《なに》もはくじょうしない。そのうち一人《ひとり》来《く》る、二人《ふたり》来《く》る、だんだん二階《かい》から宿直部屋《しゅくちょくべや》へ集《あつ》まってくる。みんなねむそうにまぶたをはらしている。五十人《にん》あまりを相手《あいて》に、約《やく》一時間《じかん》ばかりおし問答《もんどう》をしていると、ひょっこり、校長《こうちょう》のタヌキがやってきた。用務員《ようむいん》が、学校《がっこう》でさわぎがありますと、わざわざ知《し》らせに行《い》ったのだそうだ。

校長《こうちょう》は、*1一《ひと》とおり、おれの説明《せつめい》を聞《き》いた。

生徒《せいと》の*2いい草《ぐさ》も、ちょっと聞《き》いた。校長《こうちょう》は、

「あとで処分《しょぶん》をいうから、いつものように学校《がっこう》へ出《で》ろ。」

といって、寄宿生《きしゅくせい》をみんな帰《かえ》した。そのうえ、おれに向《む》かって、

「あなたも、さぞご心配《しんぱい》でおつかれでしょう、今日《きょう》は、授業《じゅぎょう》には、

およびません。*3」

というから、

「いえ、こんなことが毎晩《まいばん》あっても、授業《じゅぎょう》は、やります。」

と答《こた》えた。校長《こうちょう》は、しばらくおれの顔《かお》を見《み》つめて、いった。

「しかし、顔《かお》がだいぶはれていますよ。」

（なるほど、なんだか重《おも》たくて、かゆい。蚊《か》が、よっぽどたくさん、さしたにちがいない。）

おれは、いった。

「顔《かお》が、いくらふくれたって、口《くち》はきけますから、授業《じゅぎょう》には、さしつかえません。」

*1一《ひと》とおり…はじめから終《お》わりまで、ざっと。*2いい草《ぐさ》…もののいい方《かた》。いいわけ。*3およばない…ひつようはない。しなくてもかまわない。

6 マドンナとゴルキ

「きみ、つりに行《い》きませんか。」

と、赤《あか》シャツが、おれにきいた。

「そうですなあ。」

と、気《き》の進《すす》まない返事《へんじ》をしたら、

「おのぞみなら、ちとお教《おし》えしましょう。今日《きょう》どうです、いっしょに。吉川《よしかわ》くんと二人《ふたり》きりじゃさみしいから、来《き》なさい。」

と、しきりにすすめる。

吉川《よしかわ》くんというのは、画学《ががく》の教師《きょうし》の野《の》だいこのことだ。野《の》だいこ

は、赤《あか》シャツのあとを、どこでもついていく。

（なんで、*1ぶあいそうなおれをさそうんだろう。そうか、自分《じぶん》のつるところを見《み》せびらかすつもりなのか。ふん、こいつらが、まぐろの二ひきや三びきつったって、びくともするもんか。）

　そう思《おも》って、おれは答《こた》えた。

「行《い》きましょう。」

　いちおう、したくをして、浜《はま》へ行《い》った。

　*2船頭《せんどう》は、ゆっくりゆっくり、こいでいる。向《む》こうのほうに、石《いし》と松《まつ》だらけの島《しま》がある。

＊１ぶあいそう…そっけないこと。＊２船頭《せんどう》…舟《ふね》をこぐ仕事《しごと》の人《ひと》。

「あの松《まつ》は、みきがまっすぐで、上《うえ》が、かさのように開《ひら》いて、ター[*1]ナーの画《え》にありそうだね。」

と、赤《あか》シャツが野《の》だいこにいった。

「まったく、ターナーですね。」

野《の》だいこは、うなずいた。おれは、ターナーとは何《なに》か、知《し》らない。

すると、野《の》だいこが、いった。

「これからあの島《しま》を、ターナー島《とう》と名《な》づけようじゃありませんか。」

「そいつはおもしろい、われわれはこれから、そういおう。」

「あの岩《いわ》の上《うえ》に、[*2]ラフハエルの[*3]マドンナをおいたら、いい画《え》ができますぜ。」

「[*4]マドンナの話《はなし》は、よそうじゃないか、ホホホホ。」

＊1ターナー…イギリスの風景画家《ふうけいがか》（1775～1851年《ねん》）。＊2ラフハエル…ラファエロ（1483～1520年《ねん》）。イタリアの画家《がか》。＊3マドンナ…ここでは、ラファエロのかいた、キリストの母《はは》マリアの絵《え》のこと。

と、赤《あか》シャツが気味悪《きみわる》くわらった。

船頭《せんどう》は舟《ふね》を止《と》めて、いかりを下《お》ろした。

しばらくすると、なんだかぴくぴくと、糸《いと》に当《あ》たる。しめた、つれた。ぐいぐいたぐりよせる。金魚《きんぎょ》のような、しまのある魚《さかな》が右左《みぎひだり》へただよいながら、うきあがってくる。水《みず》ぎわから上《あ》げるとき、ぽちゃりとはねたから、顔《かお》が潮水《しおみず》だらけになった。つかまえた手《て》は、ぬるぬるして生《なま》ぐさい。海《うみ》の水《みず》で、手《て》をあらっても、まだ生《なま》ぐさい。

もうこりごりだ。

「いちばんやり[*5]はお手《て》がらだが、ゴルキ[*6]じゃ。」

と、野《の》だいこがいうと、赤《あか》シャツが答《こた》えた。

＊4マドンナ…ここでは、あこがれの女《おんな》の人《ひと》として、赤《あか》シャツたちがマドンナとよぶ女性《じょせい》。＊5いちばんやり…さいしょに手《て》がらを立《た》てること。＊6ゴルキ…小《こ》魚《ざかな》のキュウセンを指《さ》すと考《かんが》えられる。

「ゴルキというと、＊1ロシアの文学者《ぶんがくしゃ》のような名《な》だね。」

赤《あか》シャツの悪《わる》いくせだ。だれにでもカタカナの外国人《がいこくじん》の名前《なまえ》をならべる。おれのような数学《すうがく》の教師《きょうし》に、ゴルキが何《なん》だかわかるものか。

それから赤《あか》シャツと野《の》だいこは、約《やく》一時間《じかん》のうちに、二人《ふたり》で十五、六ぴき、つった。おかしなことに、全部《ぜんぶ》ゴルキだ。この小魚《こざかな》は骨《ほね》が多《おお》くてまずくて、とても食《く》えないんだと船頭《せんどう》がいう。おれは、一ぴきでこりたから、あおむけになって、空《そら》をながめていた。

すると二人《ふたり》は小声《こごえ》で何《なに》か話《はな》しはじめ、くすくすわらいだした。

「まさか……。」

「バッタを……ほんとうですよ。」

野《の》だいこは、バッタという言葉《ことば》に、＊2ことさら力《ちから》を入《い》れて、おれの

＊1ロシアの文学者《ぶんがくしゃ》…ここでは、ロシアの作家《さっか》ゴーリキー（1868〜1936年《ねん》）を指《さ》すと考《かんが》えられる。＊2ことさら…とくに。

耳《みみ》に入《はい》るようにして、その
あとを、わざとぼかした。
「またれいの堀田《ほった》が……。」
「天《てん》ぷら……ハハハハハ。」
「……そそのかして……。」
「だんごも？」
バッタだの天《てん》ぷらだの、
だんごだの、おれのことを、
話《はな》しているようだ。

山嵐《やまあらし》が生徒《せいと》を[＊1]そそのかして、おれをいじめたというのだろうか。

「もう帰《かえ》ろうか。」

と、赤《あか》シャツが思《おも》いだしたようにいうと、野《の》だいこがいった。

「今夜《こんや》は、マドンナの[＊2]君《きみ》に、お会《あ》いですか？」

「ばかあ、いっちゃいけない。」

それから赤《あか》シャツが、おれにいった。

「教頭《きょうとう》としていうんだが、いろいろな事情《じじょう》があってね。きみも、はらの立《た》つこともあるだろうが、ここがまんだと思《おも》って、しんぼうしてくれたまえ。」

「いろいろな事情《じじょう》とは、どんな事情《じじょう》です？」

「まあ、だんだんわかりますよ。ね、吉川《よしかわ》くん。」

「ええ。こみいってますからね。しかし、自然《しぜん》とわかってくるです。」

と、野《の》だいこ。

「そんなめんどうな事情《じじょう》なら、きかなくてもいいんですが、あなたのほうから話《はな》しだしたから、きいてるんです。」

「ごもっともだ。それじゃいっておきましょう。あなたは、教師《きょうし》ははじめてだから、思《おも》わぬあたりから、*3つけこまれる心配《しんぱい》があるんです。」

「正直《しょうじき》にしていれば、だれにつけこまれたって、こわくはないです。」

「いや、こわくなくても、つけこまれますよ。げんに、きみの*4前任《ぜんにん》者《しゃ》がやられたから、気《き》をつけなさいというんです。」

「ぼくの前任者《ぜんにんしゃ》が、だれにつけこまれたんです？」

*1そそのかす…うまく話《はな》して、悪《わる》いことをすすめる。　*2君《きみ》…人名《じんめい》の下《した》にそえて、そんけいをあらわす言葉《ことば》。　*3つけこまれる…自分《じぶん》の弱点《じゃくてん》を利用《りよう》され、自分《じぶん》が不利《ふり》になる。　*4前任者《ぜんにんしゃ》…前《まえ》にその役目《やくめ》についていた人《ひと》。

「だれという、しょうこがないから、名前《なまえ》をいうと、まずいことになる。とにかく、失敗《しっぱい》しないように、気《き》をつけてくれたまえ。」

「気《き》をつけろったって、これより気《き》のつけようはありません。悪《わる》いことをしなけりゃいいんでしょう。」

赤《あか》シャツは、ホホホホとわらった。

「悪《わる》いことをしなくても、ひどい目《め》にあうことがありますよ。世《よ》の中《なか》には、おおらかなように見《み》えて、親切《しんせつ》に下宿《げしゅく》の世話《せわ》なんかしてくれても、めったにゆだんのできないのがいますから……。おお、浜《はま》のほうは、＊1セピア色《いろ》になった。いいけしきだ。」

汽車《きしゃ》の笛《ふえ》がヒューと鳴《な》ったとき、乗《の》っていた舟《ふね》は＊2いその砂《すな》へ、ざぐりと、＊3へさきをつっこんで止《と》まった。

＊1セピア…黒《くろ》っぽい茶色《ちゃいろ》。＊2いそ…海岸《かいがん》の波打《なみう》ちぎわ。＊3へさき…舟《ふね》の先《さき》の所《ところ》。＊4舟《ふな》ばた…舟《ふね》のふち。へり。

おれは、*4舟《ふな》ばたから「やっ！」と、かけ声《ごえ》をして、いそへとびおりた。

7 会議《かいぎ》はわらう

山嵐《やまあらし》がよくないやつだから用心《ようじん》しろと、赤《あか》シャツはいった。

ここへ来《き》たとき、山嵐《やまあらし》は氷水《こおりみず》をおごってくれたが、そんなうら表《おもて》のあるやつから、おごってもらっては、おれの*1名《めい》よにかかわる。

おれは清《きよ》から三円《えん》かりている。だが五年《ねん》たっても、まだ返《かえ》していない。返《かえ》せないんじゃなくて、返《かえ》さないんだ。それは、清《きよ》と、心《こころ》がかよっているからだ。返《かえ》さないが、心《こころ》のうちで、ありがたいと思《おも》う。その気持《きも》ちは、*2百万両《ひゃくまんりょう》よりもだいじなことだ。

おれは、山嵐《やまあらし》に一銭《せん》*3五厘《りん》の氷水《こおりみず》をおごらせたが、じつはそれは、山嵐《やまあらし》への、おれの好意《こうい》*4なのだ。なのに、やつはそのおれの気持《きも》ちをふみにじって、うらで悪《わる》いことをしていた、とんでもないやつだ。

あした、一銭《せん》五厘《りん》返《かえ》そう。


あくる日《ひ》、早《はや》めに学校《がっこう》へ行《い》く。

すると、赤《あか》シャツが来《き》て、いった。

「きみ、きのう、舟《ふね》の中《なか》で話《はな》したことは、ひみつにしてくれたまえ。」

「いいえ。これから山嵐《やまあらし》と話《はな》すつもりです。」

「そんなことをされちゃ、こまる。ぼくは堀田《ほった》くんがどうしたと、はっきりいったわけではないんだからね。きみが今《いま》、あらっぽいことをすると、ぼくはひじょうにめいわくする。」


*1名《めい》よ…世間《せけん》から見《み》られる評価《ひょうか》。体面《たいめん》。*2百万両《ひゃくまんりょう》…両《りょう》は、江戸時代《えどじだい》の金貨《きんか》の単位《たんい》。百万両《ひゃくまんりょう》は大金《たいきん》のたとえ。*3厘《りん》…昔《むかし》のお金《かね》の単位《たんい》。一円《えん》の千分《ぶん》の一、一銭《せん》の十分《ぶん》の一。*4好意《こうい》…ここでは、親切《しんせつ》な気持《きも》ち。

と、赤《あか》シャツが、あせをかいてたのんでくる。

「よろしい、そんなにあなたがめいわくなら、やめましょう。」

一時間目《じかんめ》が終《お》わると、おれは一銭《せん》五厘《りん》を、山嵐《やまあらし》の前《まえ》へおいた。

「これをやるから、とっておけ。前《まえ》に飲《の》んだ、氷水《こおりみず》の代《だい》だ。」

「何《なに》をいってるんだ。つまらないいじょうだんをいうな。」

と、山嵐《やまあらし》は、銭《ぜに》をおれのつくえの上《うえ》に返《かえ》

した。

「おれは、きみに氷水《こおりみず》をおごられる関係《かんけい》ではないから、返《かえ》すんだ。」

山嵐《やまあらし》は、おれの顔《かお》を見《み》て、「ふん」といった。

「じゃあ、氷水《こおりみず》の代《だい》は受《う》けとるから、下宿《げしゅく》は出《で》てくれ。」

「下宿《げしゅく》を出《で》ようが出《で》まいが、おれの勝手《かって》だ。」

「ところが勝手《かって》ではない。きのう、下宿《げしゅく》の主人《しゅじん》が来《き》て、きみに出《で》てもらいたいというから、わけをきいたら、きみはらんぼうだというう。下宿《げしゅく》の女房《にょうぼう》に、足《あし》をふかせるなんて、いばりすぎさ。」

「おれが、いつ、下宿《げしゅく》の女房《にょうぼう》に足《あし》をふかせた？」

「どうだか知《し》らないが、とにかく向《む》こうじゃ、きみにこまってるんだ。きみ、出《で》てやれ。」

「たのまれたって、いるものか。」

そのときラッパが鳴《な》ったので、山嵐《やまあらし》もおれも、けんかを中止《ちゅうし》して教場《きょうじょう》へ出《で》た。

午後《ごご》は、おれにぶれいなことをした、寄宿生《きしゅくせい》の処分《しょぶん》についての会議《かいぎ》だ。赤《あか》シャツがいった。

「寄宿生《きしゅくせい》のらんぼうは、教頭《きょうとう》として、深《ふか》く、*1はずることであります。事件《じけん》は生徒《せいと》だけが悪《わる》いようですが、責任《せきにん》は、学校《がっこう》にもあるかもしれない。だから、きびしいばつをくわえるのは、よくない。なるべくゆるやかな処分《しょぶん》をねがいたいと思《おも》います。」

すると、野《の》だいこが起立《きりつ》した。

「*2徹頭徹尾《てっとうてつび》、さんせいします。ゆるやかな処分《しょぶん》をおねがいしたい。」

＊1はずる…はじる。はずかしいと思《おも》う。＊2徹頭徹尾《てっとうてつび》…はじまりから終《お》わりまで、態度《たいど》がかわらないようす。＊3とんちんかん…まとはずれなこと。

おれは、とてもはらが立《た》って、ろくに考《かんが》えもせず、立《た》ちあがっていった。

「わたしは徹頭徹尾《てっとうてつび》、反対《はんたい》です！」

そこまではいいが、次《つぎ》の言葉《ことば》が出《で》てこない。

「そんな、＊3とんちんかんな、処分《しょぶん》は大《だい》きらいです！」

と、つづけたら、職員《しょくいん》が、みんなわらいだした。

「生徒《せいと》がぜんぜん、悪《わる》い。あやまらせなくっちゃ、くせになります。＊4退校《たいこう》にしてもかまいません。」

といって着席《ちゃくせき》した。

だが、右《みぎ》どなりの＊5博物《はくぶつ》も、左《ひだり》どなりの漢学《かんがく》も歴史《れきし》も、赤《あか》シャツにさんせいだった。

＊4退校《たいこう》…ここでは、卒業《そつぎょう》する前《まえ》に、とちゅうで学校《がっこう》をやめさせること。＊5博《はく》物《ぶつ》・漢学《かんがく》・歴史《れきし》…ここでは、博物学《はくぶつがく》、中国《ちゅうごく》の文学《ぶんがく》や文化《ぶんか》、歴史学《れきしがく》、それぞれの教《きょう》師《し》のこと。

（もし、赤《あか》シャツが勝《か》ったら、荷作《にづく》りをして、東京《とうきょう》に帰《かえ》ってやろう。）

そう思《おも》っていたら、今《いま》までだまって聞《き》いていた山嵐《やまあらし》がとつぜん、いきおいよく立《た》ちあがると、ガラスまどをふるわせるような、大声《おおごえ》でいった。

「わたくしは、教頭《きょうとう》およびそのほかしょくんのお説《せつ》には、反《はん》対《たい》であります。事件《じけん》は、五十

名《めい》の寄宿生《きしゅくせい》が、＊1新来《しんらい》の教師《きょうし》を、＊2あなどってやったことであります。教育《きょういく》の精神《せいしん》は、学問《がくもん》を教《おし》えるだけではない。この、バッタ事件《じけん》のような、悪《わる》さをなくすためにこそ、われわれは、この学校《がっこう》につとめているので、これを見《み》のがすくらいなら、はじめから教師《きょうし》にならんほうがいい。以上《いじょう》の理由《りゆう》で、寄宿生一同《きしゅくせいいちどう》をきびしくばっし、

＊1新来《しんらい》…新《あたら》しく来《き》たこと。 ＊2あなどる…相手《あいて》の力《ちから》を軽《かる》くみる。ばかにする。

＊1それがしの面前《めんぜん》で、あやまるべきと心《こころ》えます。」

おれは、とてもうれしかった。おれのいいたいことを、おれの代《か》わりに山嵐《やまあらし》が、すっかりいってくれたようなものだ。

しばらくして、山嵐《やまあらし》は、また起立《きりつ》した。

「いいわすれましたが、この日《ひ》、宿直員《しゅくちょくいん》は外出《がいしゅつ》して温泉《おんせん》に行《い》かれたようだが、＊2もってのほかです。この点《てん》については、校長《こうちょう》から、注《ちゅう》意《い》されることを希望《きぼう》します。」

みょうなやつだ。ほめたと思《おも》ったら、すぐあとから、人《ひと》の＊3失策《しっさく》をあばいている。だが、いわれてみると、これはおれが悪《わる》かった。

そこで、おれは立《た》って、いった。

「わたしは、宿直中《しゅくちょくちゅう》に温泉《おんせん》に行《い》きました。これはまったく悪《わる》い。あやまります。」

すると、一同《いちどう》が、またわらいだした。

会議《かいぎ》の結果《けっか》、寄宿生《きしゅくせい》は一週間《しゅうかん》の外出禁止《がいしゅつきんし》になり、おれの前《まえ》へ出《で》て謝罪《しゃざい》をすることになった。

赤《あか》シャツが、また口《くち》を開《ひら》いた。

「中学《ちゅうがく》の教師《きょうし》でも、目《め》の前《まえ》の欲《よく》にかられ、天《てん》ぷらやだんごを食《た》べたりすれば、品《ひん》が悪《わる》くなる。だから、つりに行《い》くとか、文学書《ぶんがくしょ》を読《よ》むとか、詩《し》や*4俳句《はいく》を作《つく》るとか、りっぱな、品《ひん》のある*5ごらくをもとめなくてはいけない。」

だまって聞《き》いてると勝手《かって》なことを。

おきへ行《い》って、まずい魚《さかな》をつったり、*6なじみの*7芸者《げいしゃ》が、松《まつ》の木《き》の

*1それがし…ここでは坊《ぼっ》ちゃんのこと。名前《なまえ》をぼかしたり、かくす場合《ばあい》などに用《もち》いる。*2もってのほか…とんでもないこと。*3失策《しっさく》…失敗《しっぱい》すること。*4俳句《はいく》…五・七・五の十七音《おん》で表《あらわ》した短《みじか》い詩《し》。*5ごらく…人《ひと》を楽《たの》しませるもの。

*6なじみ…親《した》しい間《あいだ》がら。*7芸者《げいしゃ》…歌《うた》・舞踊《ぶよう》・三味線《しゃみせん》などで、えん会《かい》の席《せき》に楽《たの》しさをそえることを職業《しょくぎょう》とする女性《じょせい》。

下《した》に立《た》ったり、*古池《ふるいけ》へカエルがとびこむのが、品《ひん》のあるごらくなら、天《てん》ぷらやだんごを食《た》べるのも、りっぱなごらくなのだ。はらが立《た》ったから、

「マドンナに会《あ》うのも、りっぱで、品《ひん》のあるごらくですか。」

と、きいてやった。

すると、今度《こんど》はだれもわらわない。たがいに目《め》と目《め》を見合《みあ》わせている。赤《あか》シャツは、苦《くる》しそうに下《した》を向《む》いた。

ただ、気《き》のどくだったのは、うらなりくんで、青《あお》い顔《かお》をますます青《あお》くした。

*古池《ふるいけ》へカエルがとびこむ…松尾芭蕉《まつおばしょう》の俳句《はいく》「古池《ふるいけ》や　かわずとびこむ　水《みず》の音《おと》」を指《さ》すと考《かんが》えられる。

8 赤《あか》シャツの、たくらみ

おれは下宿《げしゅく》を*1引《ひ》きはらい、うらなりくんにしょうかいしてもらって、もと*2士族《しぞく》だという、上品《じょうひん》な老人夫婦《ろうじんふうふ》の家《いえ》の下宿人《げしゅくにん》となった。

おばあさんは、ときどき部屋《へや》へ来《き》て、いろいろな話《はなし》をする。

「今時《いまどき》の女子《じょし》には、気《き》をつけたほうがいいぞな、もし。遠山《とおやま》のおじょうさんを、ごぞんじかなもし。」

「いいえ、知《し》りませんが。」

*1引《ひ》きはらう…あとしまつをして、よそへうつる。 *2士族《しぞく》…武士《ぶし》の階級《かいきゅう》や家《いえ》がら。

「ここらで、いちばんのべっぴん[*1]さんじゃがな。学校《がっこう》の先生方《せんせいがた》は、マドンナと、いうておられるぞなもし。」

「マドンナさんは、何《なに》か、したんですか。」

「マドンナさんは、古賀先生《こがせんせい》のところへ、およめにいく約束《やくそく》ができていたのじゃがな、もし。」

「へえ、マドンナさんは、うらなりくんの彼女《かのじょ》だったんだ。」

「ところが、去年《きょねん》、古賀先生《こがせんせい》のお父《とう》さんが亡《な》くなられて、急《きゅう》に生活《せいかつ》が苦《くる》しくなって、結婚式《けっこんしき》ものびていたところへ、教頭《きょうとう》さんが、おいでになって、おじょうさんとなかよくなられて、ぜひ、自分《じぶん》のおよめにほしいと、おっしゃったのじゃがな、もし。」

「あの赤《あか》シャツが、横《よこ》からですか。ひどいやつだ。それから？」

「赤《あか》シャツさんも悪《わる》いが、おじょうさんもおじょうさんじゃ。いったん、古賀《こが》さんと結婚《けっこん》の約束《やくそく》をしときながら、今《いま》さら学士《*2がくし》さんが来《き》たから、そっちのほうにかえようなんて、それじゃ、すまいがなもし、あなた。」

「まったく、すまないね。」

「それで、堀田《ほった》さんが、赤《あか》シャツさんの所《ところ》へ意見《いけん》をしに行《い》ったら、赤《あか》シャツさんが、遠山家《とおやまけ》とは、ただ交際《こうさい》をしているだけじゃ、とおっしゃるもんだから、堀田《ほった》さんもそれ以上《いじょう》はいえなくて、もどるしかなかったそうな。赤《あか》シャツさんと堀田《ほった》さんは、それ以来《いらい》、なかが悪《わる》いという評判《ひょうばん》ぞなもし。」

「どうして、そんなことまでわかるんですか。」

＊1べっぴん……とても美《うつく》しい女《おんな》の人《ひと》。　＊2学士《がくし》……大学《だいがく》を卒業《そつぎょう》した人《ひと》にあたえられる学位《がくい》。

「町《まち》がせまいから、なんでもわかりますぞなもし。」

なるほど、おかげでやっとマドンナと、うらなりくんと、赤《あか》シャツ、そして、山嵐《やまあらし》との関係《かんけい》がわかった。

「赤《あか》シャツと山嵐《やまあらし》とは、どっちがいい人《ひと》ですかね。」

「山嵐《やまあらし》て、なんぞなもし。」

「山嵐《やまあらし》というのは、堀田《ほった》のことですよ。」

「そりゃ堀田《ほった》さんは、強《つよ》そうじゃけれど、赤《あか》シャツさんは学士《がくし》さんじゃけれ、かせぎはあるぞな、もし。赤《あか》シャツさんのほうがやさしいが、生徒《せいと》の評判《ひょうばん》は、堀田《ほった》さんのほうがええというぞなもし。」

それから二、三日《にち》して、清《きよ》からのたよりがとどいた。

坊《ぼ》っちゃんに手紙《てがみ》をもらってから、すぐ返事《へんじ》を書《か》こうと思《おも》ったが、かぜをひいてねていたから、おそくなった。読《よ》み書《か》きが、*1達者《たっしゃ》でないから、書《か》くのに*2骨《ほね》がおれる。清書《せいしょ》に二日《ふつか》、下書《したが》きには、四日《よっか》もかかった。

坊《ぼ》っちゃんは竹《たけ》をわったような気性《きしょう》だが、*3かんしゃくが強《つよ》すぎる。人《ひと》に、あだ名《な》なんかつけたら、うらまれるから、やたらにつけちゃいけない。こっそり清《きよ》にだけいいなさい。宿屋《やどや》へ茶代《ちゃだい》を五円《えん》もやったら、お小《こ》づかいがなくてこまるだろうから、十円《えん》送《おく》ってあげる。坊《ぼ》っちゃんからもらった五十円《えん》を、郵便局《ゆうびんきょく》へあずけておいたから、この十円《えん》を引《ひ》いても、まだ四十円《えん》もある。

*1達者《たっしゃ》…ここでは、得意《とくい》なこと。　*2骨《ほね》がおれる…苦労《くろう》が多《おお》い。　*3かんしゃく…少《すこ》しのことに感情《かんじょう》をおさえきれず、はげしくおこること。

なるほど、女《おんな》というものは、細《こま》かいものだ。考《かんが》えこんでいると、おばあさんが晩《ばん》めしを持《も》ってきた。この家《いえ》は、いろいろ親切《しんせつ》だが、ざんねんなことに、ごはんがまずい。今夜《こんや》も、さつまいもの煮《に》つけだ。きのうも、おといも、今夜《こんや》もいもだ。こうつづけて、いもばかり食《く》わされては、おれが、いものうらなり先生《せんせい》になっちまう。

生《なま》たまごを二《ふた》つわって、食《た》べた。栄養《えいよう》をとらなきゃ、一週《しゅう》二十一時間《じかん》の授業《じゅぎょう》ができない。

清《きよ》の手紙《てがみ》で、湯《ゆ》に行《い》く時間《じかん》がおそくなった。しかし、一日《にち》でも、かかすのは*心持《こころも》ちが悪《わる》い。

停車場《ていしゃば》で汽車《きしゃ》を待《ま》っていると、ぐうぜんにも、うらなりくんがやってきた。おばあさんの話《はなし》を聞《き》けば聞《き》くほど、うらなりくんが気《き》のどくになる。こんないい男《おとこ》をすてて、赤《あか》シャツになびくなんて、マドンナもこまった女《おんな》だ。

そのとき、入《い》り口《ぐち》でわかわかしい、女《おんな》のわらい声《ごえ》が聞《き》こえ、ふりかえってみると、色《いろ》の白《しろ》い、流行《りゅうこう》のかみ型《がた》をした背《せ》の高《たか》い美人《びじん》と、その母親《ははおや》らしきおくさんが、ならんで切《きっ》ぷ売《う》り場《ば》の前《まえ》に立《た》っていた。

すると、うらなりくんが、とつぜん立《た》ちあがって、女《おんな》のほうへ歩《ある》きだしたんで、少《すこ》しおどろいた。

(あの女《おんな》が、マドンナなのか。)

三人《にん》は、切《きっ》ぷ売《う》り場《ば》の前《まえ》で話《はな》している。遠《とお》いから何《なに》をいってるのかわからない。

*心持《こころも》ち…気持《きも》ち。

すると、また一人《ひとり》、あわてて場内《じょうない》へ、かけこんできた者《もの》がある。見《み》れば赤《あか》シャツだ。きょろきょろして、三人《にん》におじぎをしたと思《おも》ったら、急《きゅう》にこっちへ向《む》いて、いった。

「や、きみも湯《ゆ》ですか、急《いそ》いで来《き》たら、まだ三、四分《ぷん》ある。」

やがて、ピューと汽笛《きてき》が鳴《な》って、汽車《きしゃ》が着《つ》く。

温泉《おんせん》へ着《つ》いて、ゆかたで湯《ゆ》ぶねへ下《お》りたら、またうらなりくんに会《あ》った。だが、いろいろ話《はな》しかけても、うらなりくんは、「え」とか「いえ」しかいわず、しかもその「え」というのも、*1うわの空《そら》だ。マドンナのことを考《かんが》えているからだろう。

ふろを出《で》てみると、いい月《つき》だ。少《すこ》し散歩《さんぽ》でもしようと、川《かわ》の土手《どて》の上《うえ》を歩《ある》きながら、*2三丁《ちょう》も来《き》たと思《おも》ったら、向《む》こうに二《ふた》つの人《ひと》かげが見《み》えた。二《ふた》つの*3かげぼうしが、しだいに大《おお》きくなる。

一人《ひとり》は女《おんな》らしい。

おれの足音《あしおと》を聞《き》きつけて、男《おとこ》がふりむいた。思《おも》ったとおり、知《し》ってる顔《かお》だ。

男《おとこ》は、「あっ」といったが、急《きゅう》に横《よこ》を向《む》いて、「もう帰《かえ》ろう」と女《おんな》をうながすが早《はや》いか、温泉町《おんせんまち》のほうへ引《ひ》きかえした。

*1うわの空《そら》…ほかのことに気《き》をとられて、大切《たいせつ》なことに注意《ちゅうい》がいかないようす。*2丁《ちょう》…「町《ちょう》」とも書《か》く。昔《むかし》のきょりの単位《たんい》。一町《ちょう》は約《やく》百九メートル。*3かげぼうし…地面《じめん》や障子《しょうじ》などにうつった人《ひと》のかげ。

9 だまされた、うらなりくん

次《つぎ》の日《ひ》、学校《がっこう》で、赤《あか》シャツにいった。

「昨夜《さくや》は、駅《えき》と、野芹川《のぜりがわ》の土手《どて》と、二回《かい》も会《あ》いましたね。」

「いいえ。ぼくは湯《ゆ》に入《はい》って、すぐ帰《かえ》りましたよ。」

よく、うそをつく男《おとこ》だ。

おれはこのときから、赤《あか》シャツを信用《しんよう》しなくなった。

ある日《ひ》、赤《あか》シャツが、「話《はなし》があるから、ぼくのうちまで来《き》てくれ」

というから、出《で》かけていった。りっぱなげんかんだ。

用事《ようじ》をきいてみると、こんなことをいった。

「きみが来《き》てくれてから、生徒《せいと》の成績《せいせき》が上《あ》がったので、給料《きゅうりょう》も上《あ》げましょう。ちょうど、今度《こんど》、転任《てんにん》*1する者《もの》が、一人《ひとり》いるから、その給料《きゅうりょう》からきみにまわすよう、校長《こうちょう》に話《はな》してみようと思《おも》うんですがね。」

「それは、どうもありがとう。だれが転任《てんにん》するんですか。」

「古賀《こが》くんです。」

「古賀《こが》さんは、ここの地元《じもと》の人《ひと》じゃありませんか。」

「地元《じもと》の人《ひと》ですが、つごうがあって――半分《はんぶん》は本人《ほんにん》の希望《きぼう》です。」

「どこへ行《い》かれるんです？」

「日向《ひゅうが》*2の延岡《のべおか》*3に、給料《きゅうりょう》も上《あ》がって行《い》くことになりました。」


*1転任《てんにん》…仕事《しごと》の、つとめる場所《ばしょ》がかわること。　*2日向《ひゅうが》…今《いま》の宮崎県《みやざきけん》と鹿児島県《かごしまけん》の一部《いちぶ》にあたる地域《ちいき》。　*3延岡《のべおか》…宮崎《みやざき》県北部《けんほくぶ》の地域《ちいき》。

もう、代《か》わりの教師《きょうし》も、決《き》まっているそうだ。

帰《かえ》ると、ばあさんが夕食《ゆうしょく》を運《はこ》んできた。

「古賀《こが》さんは、日向《ひゅうが》へ行《い》くそうですね。」

「ほんとうにお気《き》のどくじゃな、もし。」

「お気《き》のどくって、このんで行《い》くんならしかたがないでしょう。」

「このんで行《い》くって、だれがぞなもし。」

「本人《ほんにん》ですよ。古賀先生《こがせんせい》が、希望《きぼう》して行《い》くんじゃありませんか。」

「そりゃあなた、大《おお》ちがいの勘五郎《かんごろう》ぞなもし。」

「勘五郎《かんごろう》ですか。だって今《いま》、赤《あか》シャツがそういいましたぜ。それが勘五郎《かんごろう》なら、赤《あか》シャツはうそつきの、ほらえもんだ。いったい、どういうわけなんです？」

「けさ、古《こ》賀《が》先生《せんせい》のお母《かあ》さんが、わけをおっしゃったがなもし。あそこも、お父《とう》さんがお亡《な》くなりになってから、生活《せいかつ》がお苦《くる》しいから、お母《かあ》さんが校長《こうちょう》さんにおたのみされて、もう四年《ねん》もつとめているのだから、どうぞ、お給《きゅう》料《りょう》を上《あ》げてくださらんかて、あなた。」

「なるほど。」

「校長《こうちょう》さんが、まあ考《かんが》えておこう、とおっしゃったのに、次《つぎ》に校長《こうちょう》さんによばれて行《い》ったら、学校《がっこう》

は金《かね》がたりんから、月給《げっきゅう》は上《あ》げられない。しかし、延岡《のべおか》*1にあいた口《くち》があって、そっちなら今《いま》より毎月《まいつき》五円《えん》上《あ》がるから、その手続《てつづ》きにした。だから行《い》くがええ、といわれたげな。」

「じゃ、相談《そうだん》じゃない、命令《めいれい》じゃありませんか。」

「はあ。古賀《こが》さんは、月給《げっきゅう》は元《もと》のままでいい、ここにいたい。屋《や》しきもあるし、母《はは》もいるから、とおたのみになったけれども、もう、決《き》めたあとで、代《か》わりの先生《せんせい》も来《く》るからしかたがない、と校長《こうちょう》がおっしゃったげな。」

「じゃ、古賀《こが》さんは、行《い》く気《き》はないんですね。へんだと思《おも》った。赤《あか》シャツの*2さくりゃくなんだな。*3だましうちじゃないか。それでおれの月給《げっきゅう》を上《あ》げるなんて、そんなおかしなことがあるものか。」

「先生《せんせい》は、月給《げっきゅう》が上《あ》げてもらえるのかなもし。」

「上《あ》げてやるっていわれたけれど、ことわろうと思《おも》うんです。」

「なんで、おことわりするぞな。」

「だって、おばあさん、赤《あか》シャツはひきょうですよ。うらなりくんがじゃまだから、無理《むり》やり九州《きゅうしゅう》に行《い》かせようなんて！」

「月給《げっきゅう》を上《あ》げてくれるなら、おとなしくいただいておくほうが、得《とく》ぞなもし。ありがとうと、受《う》けておおきなさいや。」

「よけいな世話《せわ》をやかなくてもいい。おれの月給《げっきゅう》は上《あ》がろうと下《さ》がろうと、おれの月給《げっきゅう》だ！」

ばあさんは、だまって引《ひ》っこんだ。
＊4小《こ》倉《くら》のはかまをつけて、また出《で》かけた。大《おお》きなげんかんへ、つっ

＊1あいた口《くち》…ここでは教員《きょういん》の人数《にんずう》にあきができたこと。＊2さくりゃく…相手《あいて》をよくない立場《たちば》にする計画《けいかく》。＊3だましうち…人《ひと》をだましてひどい仕打《しう》ちをすること。＊4小倉《こくら》…小倉織《こくらおり》のこと。厚手《あつで》でじょうぶな織物《おりもの》。

立《た》って、たのむ*1といった。おくで声《こえ》が聞《き》こえる。その声《こえ》で、客《きゃく》は、野《の》だいこだなと気《き》がついた。

しばらくすると、赤《あか》シャツがげんかんまで出《で》てきて、「まあ上《あ》がりたまえ」というから、「いえここでたくさんです。ちょっと話《はな》せばいいんです」といって、赤《あか》シャツの顔《かお》を見《み》ると、*2金時《きんとき》のように赤《あか》い。野《の》だいこと、一ぱい飲《の》んでいたと見《み》える。

「さっき、ぼくの月給《げっきゅう》を上《あ》げてやるというお話《はなし》でしたが、少《すこ》し考《かんが》えがかわったから、ことわりに来《き》たんです。」

赤《あか》シャツは、おれの顔《かお》を見《み》て、ぼうぜんとしている。

「古賀《こが》くんが自分《じぶん》の希望《きぼう》で転任《てんにん》するならいいんですが、古賀《こが》くんは、元《もと》の月給《げっきゅう》でもいいから、ここにいたいのですよ。」

＊1たのむ…ここでは、よその家《いえ》に行《い》って、案内《あんない》をたのむこと。＊2金時《きんとき》…金時《きんとき》豆《まめ》や金時《きんとき》いものこと。赤《あか》むらさき色《いろ》をしている。

「きみは古賀《こが》くんから、そう聞《き》いたのですか。」
「いいえ。ぼくの下宿《げしゅく》のばあさんが、古賀《こが》くんのおっ母《か》さんから聞《き》いたと、話《はな》してくれたのです。」
「下宿屋《げしゅくや》のばあさんのいうことは信《しん》じるが、教頭《きょうとう》のぼくのいうことは、信《しん》じないというように聞《き》こえるが、そう解《かい》しゃくして、さしつかえないでしょうか。」

ばあさんの話《はなし》を聞《き》いて、とびだしてきたが、じつはうらなりくんにも、うらなりのおっ母《か》さんにも会《あ》って、聞《き》いたわけではない。だが、下宿《げしゅく》のばあさんもけちんぼうのよくばりだが、うそはつかないし、赤《あか》シャツのように、うら表《おもて》はない。

「とにかく、給料《きゅうりょう》が上《あ》がるのは、ことわります。」

「それなら、*しいてとまではいいませんが、そう二、三時間《じかん》のうちに、とくべつの理由《りゆう》もないのにかわるようじゃ、きみの信用《しんよう》にかかわります。」

たとえ、下宿《げしゅく》のばあさんの話《はなし》が事実《じじつ》でも、古賀《こが》くんは延岡《のべおか》へ行《い》く、その代《か》わりが来《く》る。その代《か》わりが古賀《こが》くんよりひくい給料《きゅうりょう》で来《き》てくれる。そのあまりがきみにまわってくるんだから、こんな、いいことはないと思《おも》うですがね。もう一《いっ》ぺん、うちでよく考《かんが》えてみませんか。」

いつもなら、引《ひ》きさがるが、今夜《こんや》はそうはいかない。

「あなたのいうことはもっともですが、ぼくは給料《きゅうりょう》がふえるのがいやになったから、ことわります。考《かんが》えたって同《おな》じことです。さようなら。」

そういって、門《もん》を出《で》た。

頭《あたま》の上《うえ》には、天《あま》の川《がわ》が一《ひと》すじかかっている。

＊しいて……無理《むり》に。

10 ふざけた送別会《そうべつかい》

うらなりくんの送別会《そうべつかい》の日《ひ》、学校《がっこう》へ出《で》たら、山嵐《やまあらし》がとつぜん、あやまってきた。

「この間《あいだ》は、宿《やど》の主人《しゅじん》に、きみがらんぼうだから、出《で》ていってほしい、とたのまれて、あんなことをいった。だが、あとから聞《き》くと、あいつは、きみに、骨《こっ》とうを売《う》りつけようとし

たけれど、きみが買《か》わなくてもうからないから、うそをいったのだ。知《し》らなかったとはいえ、たいへん失礼《しつれい》した。ゆるしたまえ。」

おれは、山嵐《やまあらし》のつくえの上《うえ》にあった一銭《せん》五厘《りん》を取《と》って、さいふの中《なか》へ入《い》れた。山嵐《やまあらし》は、ふしぎそうにいった。

「きみ、それを引《ひ》っこめるのか。」

「うん。きみにおごられるのが、いやだったから、返《かえ》すつもりでいたが、やっぱり、おごってもらうほうがいいようだ。」

「きみは、よっぽど負《ま》けおしみの強《つよ》い男《おとこ》だな。」

「きみは、よっぽど強情《ごうじょう》っぱりだ。」

「いったい、どこの生《う》まれなんだ？」

「おれは江戸《えど》っ子《こ》だ。」

「うん、江戸《えど》っ子《こ》か、*1道理《どうり》で負《ま》けおしみが強《つよ》いと思《おも》った。」

「きみはどこだ？」

「ぼくは*2会津《あいづ》だ。」

「会津《あいづ》っぽか、強情《ごうじょう》なわけだ。……今日《きょう》の送別会《そうべつかい》へ行《い》くのかい。」

「行《い》くとも。きみは？」

「おれは、もちろん行《い》く。」

「送別会《そうべつかい》はおもしろいぜ、出《で》てみたまえ。今日《きょう》は、大《おお》いに飲《の》むつもりだ。」

山嵐《やまあらし》といっしょに、送別会《そうべつかい》の会場《かいじょう》へ行《い》く。

会場《かいじょう》は、このあたりでいちばん高級《こうきゅう》な料理屋《りょうりや》だそうだ。

二人《ふたり》が着《つ》いたころには、人数《にんずう》も、だいたいそろっていた。

やがて、おぜんが出《で》るとタヌキが立《た》ち、赤《あか》シャツが立《た》って、送別《そうべつ》の言葉《ことば》をいった。

「うらなりくんがさられるのは、まことにざんねんである。だが、本人《ほんにん》の事情《じじょう》で、転任《てんにん》を希望《きぼう》されたのだから、しかたがない。」

二人《ふたり》とも、そろって同《おな》じようなことをいう。こんなうそをいって、はずかしくないのか。

赤《あか》シャツが話《はな》しているとき、山嵐《やまあらし》がおれの顔《かお》を見《み》て、ちらっと、おこった顔《かお》をした。おれは返事《へんじ》として、あっかんべをして見《み》せた。

赤《あか》シャツがすわるのを待《ま》ちかねて、山嵐《やまあらし》が、ぬっと立《た》ちあがったから、おれはうれしくなり、思《おも》わず手《て》をパチパチと打《う》った。

＊1道理《どうり》で…思《おも》いあたるふしがあるさま。なるほど。　＊2会津《あいづ》…福島県西部《ふくしまけんせいぶ》の、会津盆地《あいづぼんち》を中心《ちゅうしん》とする地域《ちいき》。

するとタヌキをはじめ一同《いちどう》が、おれのほうを見《み》た。山嵐《やまあらし》は、

「ただ今《いま》、校長《こうちょう》と教頭《きょうとう》は、古賀《こが》くんの転任《てんにん》を、ひじょうにざんねんがられたが、わたしは反対《はんたい》で、古賀《こが》くんが一日《いちにち》も早《はや》く、*1当地《とうち》をさられるのを希望《きぼう》しております。

延岡《のべおか》は、ここにくらべたら、不便《ふべん》はあるだろう。が、心《こころ》にもないおせじをふりまいたり、美《うつく》しい顔《かお》をして、*2君子《くんし》を落《お》としいれたりす

る*3ハイカラやろうは、一人《ひとり》もないはずだ。きみのようなりっぱな人物《じんぶつ》は、きっと、その地《ち》でかんげいされるにちがいない。きみが延岡《のべおか》に*4ふにんされたら、一日《いちにち》も早《はや》く円満《えんまん》なる家庭《かてい》を作《つく》って、かの*5不《ふ》てい*6むせつなるおてんばを、見返《みかえ》してやってください。」

山嵐《やまあらし》がすわると、今度《こんど》はうらなり先生《せんせい》が立《た》った。

「このたび、*7一身上《いっしんじょう》の都合《つごう》で九州《きゅうしゅう》へ行《い》くことになり、わたしのために、この盛大《せいだい》なる送別会《そうべつかい》をお開《ひら》きくださって、まことに感《かん》げきでございます。わたしは遠《とお》くへ行《い》きますが、何《なに》とぞこれまでどおり、お見《み》すてなく、よろしくおねがいします。」

と、はいつくばって席《せき》にもどった。

うらなり、きみはどこまで人《ひと》がいいんだか、自分《じぶん》がこんなにばか

*1当地《とうち》…自分《じぶん》が今《いま》いる所《ところ》。ここでは四国《しこく》。 *2君子《くんし》…人《ひと》がらや行《おこな》いがりっぱな人《ひと》。 *3ハイカラ…西洋風《せいようふう》を気《き》どること。 *4ふにん…仕事《しごと》をする場所《ばしょ》へ行《い》くこと。 *5不《ふ》てい…人《ひと》として正《ただ》しくないこと。 *6むせつ…考《かんが》え方《かた》をすぐかえ、自分《じぶん》の信念《しんねん》や意見《いけん》を守《まも》りとおさないこと。 *7一身上《いっしんじょう》…自分《じぶん》の個人的《こじんてき》な問題《もんだい》や事情《じじょう》。

にされている校長《こうちょう》や、教頭《きょうとう》に、[*1]うやうやしくお礼《れい》をいっている。あいさつがすんだら、あたりが急《きゅう》ににぎやかになった。「まあ、一ぱい、おや、ぼくが飲《の》めというのに……」などと、[*2]ろれつが回《まわ》らないのも、一人二人《ひとりふたり》できてくる。そんなところへ、「お座《ざ》しきは、こちら？」と、芸者《げいしゃ》が三、四人入《にんはい》ってきた。

すると、今《いま》まで、[*3]こはくのパイプをじまんそうにくわえていた、赤《あか》シャツが急《きゅう》に立《た》って、座《ざ》しきを出《で》ようとした。

入《はい》ってきた一人《ひとり》の芸者《げいしゃ》が、赤《あか》シャツとすれちがいながら、わらってあいさつをした。いちばんわかくて、いちばんきれいなやつだ。遠《とお》くで聞《き》こえなかったが、芸者《げいしゃ》が、「おや、こんばんは」ぐらい、いったようだ。赤《あか》シャツは知《し》らん顔《かお》をして出《で》ていって、二度《にど》と顔《かお》を出《だ》さなかった。

芸者《げいしゃ》が来《き》たら、座《ざ》しきが急《きゅう》に陽気《ようき》になって、そうぞうしい。

「あんた、何《なに》か、うたいなはれ」と一人《ひとり》の芸者《げいしゃ》が、三味線《しゃみせん》をかかえて、おれの前《まえ》へ来《き》た。いつのまにか、そばに来《き》ていた野《の》だいこが、

「鈴《すず》ちゃん、会《あ》いたい人《ひと》に会《あ》ったと思《おも》ったら、すぐお帰《かえ》りで、お気《き》のどくさまでげす。」

と、落語家《らくごか》のような言葉《ことば》でいう。

「知《し》りまへん。」

と、芸者《げいしゃ》はつんとすました。この芸者《げいしゃ》は、さっき赤《あか》シャツにあいさつをしたやつだ。野《の》だいこは、はだかおどりをはじめている。

おれは、うらなりくんが、自分《じぶん》の送別会《そうべつかい》なのに、はだかおどりま

＊1うやうやしく…礼《れい》ぎ正《ただ》しく、ていねいに。＊2ろれつが回《まわ》らない…したがよく動《うご》かず、調子《ちょうし》よく物《もの》がいえない。＊3こはく…化石《かせき》の一種《いっしゅ》。黄色味《きいろみ》をおびた、だいだい色《いろ》のものが多《おお》い。

で、きちんとしたはおりはかまで、がまんして見《み》ているひつようはあるまい。うらなりくんが気《き》のどくだと思《おも》ったから、そばへ行《い》って、

「古賀《こが》さん、もう帰《かえ》りましょう。」

と、帰《かえ》ることをすすめてみた。

するとうらなりくんは、

「今日《きょう》はわたしの送別会《そうべつかい》だから、わたしが先《さき》へ帰《かえ》っては失礼《しつれい》です。どうぞごえんりょなく。」

と、動《うご》く気配《けはい》もない。

「なに、かまうもんですか、さあ行《い》きましょう。」

と、無理《むり》に座《ざ》しきを出《で》ようとしたところへ、野《の》だいこが、ほうきをふりふりやってきて、行《い》く手《て》をふさいだ。

「や、ご主人《しゅじん》が先《さき》へ帰《かえ》るとは、ひどい。帰《かえ》せない。」
そういうものだから、おれは、野《の》だいこの頭《あたま》に、ぽかりとげんこ

つをくらわしてやった。野《の》だいこは、

「おや、これはひどい。おぶちになるとはなさけない。」

と、わけのわからないことをいっている。そこへ、後《うし》ろから山嵐《やまあらし》が
とんできて、野《の》だいこの首《くび》すじをつかんで、引《ひ》きもどした。

「いたい。いたい。どうもこれは、らんぼうだ。」

と、ふりもがく。

とちゅうで、うらなりくんにわかれをつげて、家《いえ》に帰《かえ》った。

そのあと、どうなったかは、知《し》らない。

11

祝勝会《しゅくしょうかい》

*1祝勝会《しゅくしょうかい》で、学校《がっこう》はお休《やす》みだ。しかし、*2練兵場《れんぺいじょう》で式《しき》があるので、生《せい》徒《と》をつれていかなくてはならない。
学校《がっこう》の生徒《せいと》は八百人《にん》もいて、一組《ひとくみ》一組《ひとくみ》の間《あいだ》に、職員《しょくいん》が一人《ひとり》か二人《ふたり》、監督《かんとく》としてわりこんでいくのである。
町《まち》へ出《で》ると、日《ひ》の丸《まる》だらけだ。ついていくと、前《まえ》のほうが急《きゅう》に、がやがやさわぎだした。同時《どうじ》に列《れつ》が、ぴたりと止《と》まる。
向《む》こうを見《み》ると、曲《ま》がる角《かど》の所《ところ》で、生徒《せいと》たちが、おしかえしたり、おしかえされたりして、もみあっている。「しずかにしずかに」と

*1祝勝会《しゅくしょうかい》…勝利《しょうり》をいわう会《かい》。　*2練兵場《れんぺいじょう》…兵隊《へいたい》の訓練《くんれん》をした運動場《うんどうじょう》。

前《まえ》のほうから、声《こえ》をからしてきた体《たい》そう教師《きょうし》に、「なんです？」ときくと、「曲《ま》がり角《かど》で、中学校《ちゅうがっこう》の生徒《せいと》と、*1師《し》はん学校《がっこう》の生徒《せいと》がしょうとつしたんだ」という。

中学《ちゅうがく》と師《し》はんとは、どこの県《けん》でも、犬《いぬ》とサルのようになかが悪《わる》いそうだ。まるで気《き》が合《あ》わず、何《なに》かあるとけんかをする。たぶんたいくつだから、ひまつぶしにやるんだろう。

おれは、けんかはすきなほうだから、しょうとつと聞《き》いて、おもしろ半分《はんぶん》にかけだしていった。

だが、生徒《せいと》の間《あいだ》をくぐりぬけて、もう少《すこ》しで曲《ま》がり角《かど》だというときに、「前《まえ》へ！」という高《たか》くするどい号令《ごうれい》が聞《き》こえ、師《し》はん学校《がっこう》の生徒《せいと》は、しずかに行進《こうしん》をはじめた。しょうとつは、決着《けっちゃく》がついたらしく、中学校《ちゅうがっこう》が一歩《いっぽ》をゆずったのである。

祝勝《しゅくしょう》の式《しき》が終《お》わると、ひとまず下宿《げしゅく》へ帰《かえ》った。清《きよ》に手紙《てがみ》を書《か》こうと思《おも》い、すみをすり、筆《ふで》をしめらせ、*2巻紙《まきがみ》とにらめっこをしたが、何《なに》から書《か》いていいかわからない。おれは思《おも》った。

(こんな遠《とお》くから、清《きよ》のことを考《かんが》えているのだから、おれの*3真心《まごころ》は、きっと清《きよ》にも通《つう》じるだろう。だから、手紙《てがみ》なんか書《か》かなくてもいいや。)

*1師《し》はん学校《がっこう》…明治《めいじ》〜昭和時代初期《しょうわじだいしょき》の日本にあった、小《しょう》・中学校《ちゅうがっこう》の先生《せんせい》を目指《めざ》す人《ひと》を教育《きょういく》する学校《がっこう》。小学校卒業後《しょうがっこうそつぎょうご》、あるいは中学校卒業後《ちゅうがっこうそつぎょうご》に入学《にゅうがく》した。　*2巻紙《まきがみ》…和紙《わし》をつないで横長《よこなが》にし、巻《ま》いた物《もの》。手紙《てがみ》に使《つか》われた。　*3真心《まごころ》…うそいつわりのない心《こころ》。

そこへ、山嵐《やまあらし》がやってきた。

「今日《きょう》は祝勝会《しゅくしょうかい》だから、きみと食《く》おうと思《おも》って、牛肉《ぎゅうにく》を買《か》ってきた。」

と、竹《たけ》の皮《かわ》のつつみを座《ざ》しきの真《ま》ん中《なか》へほうりだした。おれは、「そいつはけっこうだ」と、なべとさとうをかりて、煮《に》はじめた。

山嵐《やまあらし》は、煮《に》た牛肉《ぎゅうにく》をほおばりながら、きく。

「きみ、赤《あか》シャツが、ある芸者《げいしゃ》となかがいいことを、知《し》ってるか。」

「知《し》ってる。この間《あいだ》、うらなりの送別会《そうべつかい》のときに来《き》た一人《ひとり》だろう。」

「そうだ。ぼくはようやく、このごろかんづいた。あいつは、けしからんやつだ。きみがそば屋《や》や、だんご屋《や》へ入《はい》るのさえよくないと、校長《こうちょう》に注意《ちゅうい》をさせたくせに、自分《じぶん》こそ芸者《げいしゃ》に入《い》りびたりだ。」

「うん、あの芸者《げいしゃ》が入《はい》ってきたら、入《い》れ代《か》わりに席《せき》をはずしてにげ

て、ごまかそうとするから気《き》にくわない。」

「赤《あか》シャツは、こっそりかくれて、温泉町《おんせんまち》の角屋《かどや》という店《みせ》で、あの芸者《げいしゃ》と会《あ》っているそうだ。だから、あいつが芸者《げいしゃ》といっしょに、角屋《かどや》へ入《はい》るところを見《み》とどけて、問《と》いつめればやりこめられる。」

「見《み》とどけるって、見《み》はりでもするのかい。」

「うん。角屋《かどや》の前《まえ》の宿屋《やどや》の二階《かい》をかりて、見《み》はるのさ。」

「でも、見《み》ているときに来《く》るかなあ。」

「来《く》るだろう。だが、一晩《ひとばん》じゃだめだ。二週間《しゅうかん》ばかりやるつもりさ。あんな悪《わる》ぢえのはたらく、ひねくれ者《もの》は、ぼくが天《てん》に代《か》わって、やっつけてやるんだ。」

「ゆかいだ。いつから、はじめるつもりだい。」

「近々《ちかぢか》やる。きみに知《し》らせるから、そのときは、てつだってくれたまえ。」

「よろしい、いつでもてつだおう。ぼくは、作戦《さくせん》はへただが、けんかとくると、これでなかなかすばしこいぜ。」

おれと山嵐《やまあらし》が赤《あか》シャツたいじの作戦《さくせん》を相談《そうだん》していると、「祝勝会《しゅくしょうかい》の出《だ》し物《もの》を見《み》に行《い》きましょう」と、中学《ちゅうがく》の生徒《せいと》が、山嵐《やまあらし》をさそいに来《き》た。山嵐《やまあらし》がすすめるから、おれも行《い》く気《き》になった。

さそいに来《き》た中学生《ちゅうがくせい》は、赤《あか》シャツの弟《おとうと》だった。みょうなやつが来《き》たもんだ。

会場《かいじょう》では、高知《こうち》のなんとかおどりをやるんだそうだ。花火《はなび》も上《あ》が

り、たいへんな人出《ひとで》だ。

そして、舞台《ぶたい》の上《うえ》で、評判《ひょうばん》の高知《こうち》のなんとかおどりがはじまった。後《うし》ろはちまきで、はかまをはいた男《おとこ》たち三十人《にん》が、*1真剣《しんけん》を持《も》ち、たいこの*2ひょうしにあわせておどる。

三十人《にん》の真剣《しんけん》がぴかぴかと光《ひか》り、全員《ぜんいん》が、一度《いちど》に足《あし》ぶみをして、横《よこ》を向《む》く。それから、ぐるりと回《まわ》り、ひざを曲《ま》げる。

となりの人《ひと》が一秒《びょう》でも早《はや》すぎるか、おそすぎれば、真剣《しんけん》が当《あ》たって、鼻《はな》が落《お》ちるかもしれない。ひやひやする。

おれと山嵐《やまあらし》が、感心《かんしん》して見物《けんぶつ》していると、

＊1真剣《しんけん》……本物《ほんもの》の刀《かたな》。　＊2ひょうし……くりかえされる音《おと》の強弱《きょうじゃく》。

*1半町《はんちょう》ばかり、向《む》こうのほうで急《きゅう》に「わっ！」「けんかだけんかだ！」という声《こえ》がした。すると、赤《あか》シャツの弟《おとうと》が人《ひと》のそでをくぐりぬけてきて、

「先生《せんせい》、また、けんかです、中学《ちゅうがく》の生徒《せいと》が、今朝《けさ》の仕返《しかえ》しをするといって、また師《し》はんのやつと*2決戦《けっせん》をはじめたところです、早《はや》く来《き》てください！」

といいながら、また人《ひと》の波《なみ》の中《なか》へもぐりこんで、どっかへ行《い》ってしまった。

「世話《せわ》のやける小僧《こぞう》だ。また、はじめたのか。」

と、山嵐《やまあらし》がにげる人《ひと》をよけながら、かけだした。取《と》りしずめるつもりらしい。おれは山嵐《やまあらし》のあとから、現場《げんば》へかけつけた。

*1半町《はんちょう》…「町《ちょう》」は昔《むかし》のきょりの単位《たんい》で、一町《ちょう》は約《やく》百九メートル。半町《はんちょう》は約《やく》五十五メートル。*2決戦《けっせん》…最後《さいご》の勝《か》ち負《ま》けを決《き》める戦《たたか》い。

12 けんかは、よせ!

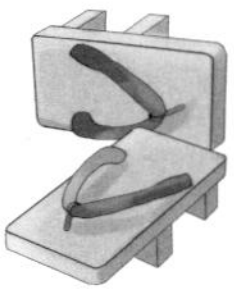

けんかは、今《いま》、真《ま》っ最中《さいちゅう》である。入《い》りみだれて戦《たたか》っているから、どこから、どう手《て》をつけて引《ひ》きわけていいかわからない。

「＊巡査《じゅんさ》が来《く》ると、めんどうだ。とびこんで分《わ》けよう。」

と、山嵐《やまあらし》がいうから、おれはいきなり、けんかのいちばんはげしそうな所《ところ》へ、おどりこんだ。

「よせよせ。そんならんぼうをすると学校《がっこう》の評判《ひょうばん》にかかわる。よさないか。」

＊巡査《じゅんさ》…警察官《けいさつかん》の階級《かいきゅう》の一《ひと》つ。

と、大声《おおごえ》でさけびながら、敵《てき》と味方《みかた》の間《あいだ》をつきぬけようとしたが、出《で》ることも引《ひ》くこともできなくなった。

目《め》の前《まえ》に、大《おお》きな師《し》はん生《せい》が、十五、六人《にん》の中学生《ちゅうがくせい》と組《く》みあっている。

「よせといったら、よさないか。」

と、師《し》はん生《せい》の肩《かた》を持《も》って、引《ひ》きわけようとする。

とたんにだれかが、下《した》からおれの足《あし》をすくった。

[*1]不意《ふい》を打《う》たれて、横《よこ》にたおれた。起《お》きあがって見《み》ると、向《む》こうに、山嵐《やまあらし》の大《おお》きな体《からだ》が生徒《せいと》の間《あいだ》にはさまって、もみくちゃにされながら、

「よせよせ、けんかはよせよせ！」

と、さけんでいる。

「おい、とうていだめだ。」

といってみたが、聞《き》こえないのか、返事《へんじ》もしない。

ヒュウと風《かぜ》を切《き》ってとんできた石《いし》が、いきなりおれのほおぼねへ当《あ》たった。後《うし》ろからも、背中《せなか》をぼうでどついたやつがいる。

「教師《きょうし》は、二人《ふたり》だ。」

「大《おお》きいやつと、小《ちい》さいやつだ。」

「石《いし》を投《な》げろ。」

と、いう声《こえ》もする。

石《いし》がまた、ヒュウととんできて、おれの*2五分《ごぶ》がりの頭《あたま》をかすめた。おれをだれだと思《おも》うんだ。体《からだ》は小《ちい》さくっても、けんかの本場《ほんば》で修《しゅ》行《ぎょう》をつんできたんだと、むちゃくちゃにはりとばしたり、はりとばされたりしていると、やがて、だれかがさけんだ。

「巡査《じゅんさ》だ、巡査《じゅんさ》だ!」

「にげろ、にげろ!」

その声《こえ》で、今《いま》まで身動《みうご》きできなかったのが、敵《てき》も味方《みかた》も一度《いちど》に引《ひ》きあげてしまった。

山嵐《やまあらし》は、はおりをずたずたにして、鼻《はな》をふいている。*3鼻柱《はなばしら》をなぐられて出血《しゅっけつ》したんだそうだ。


*1不意《ふい》を打《う》たれる…ゆだんしているときに、こうげきされる。　*2五分《ごぶ》がり…ここでは、約《やく》一・五センチメートルの長《なが》さに切《き》りそろえたかみ型《がた》のこと。　*3鼻柱《はなばしら》…鼻《はな》すじの骨《ほね》。

おれはかすり[*1]のあわせ[*2]が、どろだらけになったけれども、山嵐《やまあらし》のはおりほどのそんがいは、ない。しかし、ほっぺたがぴりぴりしてたまらない。山嵐《やまあらし》は、「だいぶ血《ち》が出《で》ているぜ」と教《おし》えてくれた。巡査《じゅんさ》は十五、六名来《めいき》たのだが、生徒《せいと》は、その反対方面《はんたいほうめん》からにげた。つかまったのは、おれと山嵐《やまあらし》だけである。おれらは警察《けいさつ》へ行《い》って、署長《しょちょう》の前《まえ》でことのてんまつ[*3]を話《はな》して、下《げ》宿《しゅく》へ帰《かえ》った。

＊1かすり…ところどころに、線《せん》がかすれたようなもようのある織物《おりもの》。＊2あわせ…うら地《じ》のついた着物《きもの》。＊3てんまつ…物事《ものごと》のはじめから終《お》わりまでのようす。

13 わたしも、やめます

あくる日《ひ》、目《め》がさめてみると、体《からだ》じゅういたくてたまらない。
横《よこ》になったまま、ばあさんが持《も》ってきた新聞《しんぶん》を開《ひら》いてみると、きのうのけんかが、ちゃんと出《で》ている。

中学《ちゅうがく》の教師《きょうし》堀田《ほった》だれだれと、近《ちか》ごろ東京《とうきょう》から赴任《ふにん》した生意気《なまいき》なるだれだれとが、生徒《せいと》をそそのかし、師《し》はん生《せい》に向《む》かって、さんざん暴行《ぼうこう》した。

おれは、むっくりとびおきた。

この新聞記事《しんぶんきじ》のせいで学校《がっこう》を休《やす》んだといわれちゃ、一生《いっしょう》＊1の名《な》おれだから、いちばん早《はや》く登校《とうこう》した。出《で》てくるやつがみんな、おれの顔《かお》を見《み》てわらっている。何《なに》がおかしいんだ。

教場《きょうじょう》へ出《で》ると、生徒《せいと》は、はく手《しゅ》をもって、おれをむかえた。

「先生《せんせい》ばんざい」という者《もの》もいる。

おれと山嵐《やまあらし》は、校長《こうちょう》と教頭《きょうとう》に、事実《じじつ》を説明《せつめい》した。

帰《かえ》りがけに山嵐《やまあらし》は、

「きみ、赤《あか》シャツはあやしい。用心《ようじん》しないとやられるぜ。」

と注意《ちゅうい》する。

「今《いま》さら、あやしくなったんじゃなかろう。」

「いや、あいつが、ぼくらをさそいだして、あのけんかに、まきこんだのだ。けんかをさせてから、すぐに、新聞屋《しんぶんや》へ*2手《て》を回《まわ》してあんな記事《きじ》を書《か》かせたんだ。じつにはら黒《ぐろ》いやつだ。」

「しかし、新聞《しんぶん》が、赤《あか》シャツのいうことを、そうかんたんに聞《き》くかね。」

「新聞屋《しんぶんや》に友《とも》だちがいりゃ、わけはないさ。」

「そうなのか。だったら、おれは、明日《あす》*3辞表《じひょう》を出《だ》して、東京《とうきょう》へ帰《かえ》る。こんなくだらない所《ところ》にいるのは、いやだ。」

「だが、きみが辞表《じひょう》を出《だ》したって、赤《あか》シャツはちっとも、こまらないぜ。」

「それもそうだな。……どうしたら、こまるんだろう。」

*1名《な》おれ…名《めい》よにきずがつくこと。　*2手《て》を回《まわ》す…ここでは、ひそかに、手配《てはい》やじゅんびをしておくこと。　*3辞表《じひょう》…つとめや仕事《しごと》をやめたいとき、そのわけを書《か》いて出《だ》す書類《しょるい》。

「二、三日《にち》、ようすを見《み》よう。こっちはこっちで、向《む》こうの*1急所《きゅうしょ》をおさえるのさ。」

「よかろう。おれは、たくらむのはへただから、よろしくたのむ。」

おれと山嵐《やまあらし》は、これでわかれた。

きのうの事件《じけん》を、赤《あか》シャツが考《かんが》えたのなら、じつにひどいやつだ。ちえくらべで勝《か》てるやつではない。もう、腕力《わんりょく》しかない。

それからしばらくした、ある日《ひ》の午後《ごご》、山嵐《やまあらし》がいった。

「今日《きょう》、ついに、校長室《こうちょうしつ》で、やめてくれといわれたよ。」

「そんなばかな話《はなし》は、ないぜ。きみとおれは、いっしょに祝勝会《しゅくしょうかい》へ出《で》て、いっしょに高知《こうち》のぴかぴかおどりを見《み》て、いっしょにけん

かを止《と》めに入《はい》ったんじゃないか。辞表《じひょう》を出《だ》せというなら、公平《こうへい》に両方《りょうほう》へ出《だ》せというがいい。なんで、そんなことになってしまうんだ。」

「赤《あか》シャツが後《うし》ろで*2手《て》を引《ひ》いたんだよ。おれは赤《あか》シャツと、うまくいかないが、きみは単純《たんじゅん》だから、ごまかせば、なんとかなると考《かんが》えてるのさ。」

「なお悪《わる》いや。」

あくる日《ひ》、おれは校長室《こうちょうしつ》で、*3談判《だんぱん》をはじめた。

「なんでわたしに、辞表《じひょう》を出《だ》せといわない

*1急所《きゅうしょ》…ここでは、立場《たちば》があやうくなるような弱点《じゃくてん》。*2手《て》を引《ひ》く…ここでは、みちびくこと。*3談判《だんぱん》…問題《もんだい》やもめごとを解決《かいけつ》するために、話《はな》しあうこと。

んですか。」

「へえ？」

タヌキはあっけにとられている。

「堀田《ほった》に辞表《じひょう》を出《だ》せ、といって、わたしに出《だ》せといわないのは、まちがってます。わたしが出《だ》さなくていいなら、堀田《ほった》だって、出《だ》すひつようはないでしょう。」

「堀田《ほった》くんは、さられてもやむをえないのですが、あなたは、辞表《じひょう》をお出《だ》しになるひつようがありませんから。」

わけのわからないことばかりならべて、落《お》ちつきはらってる。

「それじゃ、わたしも辞表《じひょう》を出《だ》しましょう。堀田《ほった》くん一人《ひとり》がやめて、わたしがのこるなんて、*1すじが通《とお》りません。」

「それはこまる。堀田《ほった》もあなたもさったら、学校《がっこう》の数学《すうがく》の授業《じゅぎょう》が、まるでできなくなってしまう。」

「できなくなっても、わたしの知《し》ったことじゃありません。」

「そう、わがままをいうものじゃない。一月《ひとつき》たらずで辞職《じしょく》したら、きみの将来《しょうらい》のりれき*2にかかわる。」

「りれきなんか、かまうもんですか、りれきより義理《ぎり》*3が大切《たいせつ》です。」

「……とにかく、もう一《いっ》ぺん、考《かんが》えなおしてみてください。」

タヌキが青《あお》くなったり、赤《あか》くなったりして、かわいそうになったから、ひとまず、考《かんが》えなおすこととして引《ひ》きさがった。

*1すじが通《とお》らない…物事《ものごと》の道《みち》すじが、まちがっている。　*2りれき…これまでにしてきた、ことがら。　*3義理《ぎり》…人《ひと》として守《まも》るべき正《ただ》しい道《みち》。

14 待《ま》ちぶせ

山嵐《やまあらし》はいよいよ辞表《じひょう》を出《だ》すと、角屋《かどや》の前《まえ》の宿屋《やどや》の二階《かい》にひそみ、障子《しょうじ》にあなを開《あ》けてのぞきだした。これを知《し》っているのは、おれだけだ。

日《ひ》がくれてから十二時《じ》すぎまで、目《め》を障子《しょうじ》へつけて、角屋《かどや》のガス*1燈《とう》の下《した》をにらんでいる。

「どうも、来《こ》ないようじゃないか。」

と、おれがいうと、

「たしかに来《く》るはずなんだがなあ。」

と、ときどきため息《いき》をついている。

八日目《ようかめ》のこと。おれは七時《じ》ごろに下宿《げしゅく》を出《で》て、まず、ゆるりと湯《ゆ》に入《はい》って、それから町《まち》でとりのたまごを八《やっ》つ買《か》った。下宿《げしゅく》のばあさんの、いもぜめへの対策《たいさく》で、食《た》べるためである。

そのたまごを左右《さゆう》のたもと*2へ入《い》れて、赤手《あかて》ぬぐいをかたへ乗《の》せ、山嵐《やまあらし》がいる部屋《へや》の障子《しょうじ》を開《あ》けた。すると、

「おい、有望有望*3《ゆうぼうゆうぼう》！」

と、山嵐《やまあらし》の顔《かお》が、元気《げんき》になっている。

＊1ガス燈《とう》…明治時代《めいじじだい》はじめに街灯《がいとう》として使《つか》われた、石炭《せきたん》ガスを使《つか》った明《あ》かり。＊2たもと…和服《わふく》のそでの下《した》の部分《ぶぶん》。＊3有望《ゆうぼう》…これから先《さき》、よくなるのぞみのあること。

今夜《こんや》七時半《じはん》ごろ、あの小鈴《こすず》という芸者《げいしゃ》が角屋《かどや》へ入《はい》った。そのとき、赤《あか》シャツは、いっしょではなかったが、かならずあとから来《く》るはずだという。おれと山嵐《やまあらし》は、一生《いっしょう》けん命《めい》、障子《しょうじ》へ顔《かお》をつけて息《いき》をこらして見《み》つめた。

チーンと、九時半《じはん》の柱時計《はしらどけい》が鳴《な》る。

「来《く》るかな。今夜来《こんやこ》なければ、ぼくはもう、いやだぜ。」

「おれは、銭《ぜに》のつづくかぎりやる。」

そのうち、帳場《ちょうば》の時計《とけい》が、えんりょなく、十時《じ》を打《う》った。今夜《こんや》もだめらしい。月《つき》が顔《かお》を出《だ》して、道《みち》は明《あか》るい。

すると、下《した》のほうから声《こえ》が聞《き》こえた。

「もう、だいじょうぶですね。じゃま者《もの》は追《お》っぱらったから。」

まさしく、野《の》だいこの声《こえ》である。

「強《つよ》がるばかりの、らんぼう者《もの》だ。」

これは赤《あか》シャツだ。

「あの男《おとこ》も、強《つよ》がりににた、ばか者《もの》ですね。でも、いせいのいい、坊《ぼ》っちゃんだから、*1愛《あい》きょうがありますよ。」

「*2増給《ぞうきゅう》がいやだとか、辞表《じひょう》を出《だ》したいとか、よくわからない。」

二人《ふたり》はハハハハとわらいながら、角屋《かどや》の中《なか》へ入《はい》った。

おれは山嵐《やまあらし》に声《こえ》をかけた。

「おい！」

「おい。」

「来《き》たぜ！」

*1愛《あい》きょう…にこやかで、かわいらしいこと。
*2増給《ぞうきゅう》…給料《きゅうりょう》がふえること。

「とうとう来《き》た。」

「野《の》だいこのやつ、おれのことを、いせいのいい坊《ぼ》っちゃんだといいやがった。」

「じゃま者《もの》というのは、おれのことだぜ。ぶれいな。」

それから、二人《ふたり》が出《で》てくるのを、じっと待《ま》った。

角屋《かどや》から出《で》る二人《ふたり》のかげを見《み》ると、すぐに、おれと山嵐《やまあらし》は、あとをつけた。町《まち》をはずれたあたりで走《はし》り、はやて*のように後《うし》ろから、追《お》いついた。

「待《ま》て！」

野《の》だいこはあわててにげだそうとするので、前《まえ》に立《た》ちふさがった。

「ばか者《もの》の坊《ぼ》っちゃんとは、なんだ！」


*はやて…急《きゅう》にふきおこる、はげしい風《かぜ》。

「いえ、きみのことをいったんじゃないんです。」
「やっ！」
おれは、いきなり、たもとへ手《て》を入《い》れて、たまごを二《ふた》つ取《と》りだし、野《の》だいこのつらへ、たたきつけた。たまごが、ぐちゃりとわれた。

「わっ！　助《たす》けてくれ！」

野《の》だいこは、よっぽどぎょうてんしたと見《み》えて、そういいながら、しりもちをついた。

おれは、「このやろう、このやろう！」と、のこる六《むっ》つを、むちゃくちゃにたたきつけた。野《の》だいこは、顔《かお》じゅう黄色《きいろ》になった。

その間《あいだ》、山嵐《やまあらし》と赤《あか》シャツは談判《だんぱん》をしている。

「ぼくが、芸者《げいしゃ》と会《あ》ったという、しょうこがありますか。」

「きさまとなかのいい芸者《げいしゃ》が、角屋《かどや》へ入《はい》ったのを見《み》たぞ。ごまかせるものか。」

「芸者《げいしゃ》が入《はい》ろうが、入《はい》るまいが、ぼくの知《し》ったことではない。」

「だまれ！」

と、山嵐《やまあらし》は、げんこつをくらわした。

赤《あか》シャツはよろよろして、いった。

「らんぼうだ。」

「らんぼうでたくさんだ！」

と、山嵐《やまあらし》は、また、ぽかり。

「きさまらは、はら黒《ぐろ》いからこうした。これにこりて、以来《いらい》つつし*1むがいい。いくら*2言葉《ことば》たくみに*3弁解《べんかい》しても、正義《せいぎ》はゆるさんぞ。」

と山嵐《やまあらし》がいったら、二人《ふたり》ともだまっている。

「おれは、にげもかくれもせんぞ。今夜《こんや》五時《じ》までは、浜《はま》の港屋《みなとや》にいる。用《よう》があるなら巡査《じゅんさ》でもだれでも、よこせ。」

山嵐《やまあらし》の言葉《ことば》に、

*1つつしむ…まちがったことをしないように、気をつける。　*2言葉《ことば》たくみに…上手《じょうず》な話《はな》し方《かた》で。　*3弁解《べんかい》…いいわけ。

「おれも、にげもかくれもしないぞ。同《おな》じ所《ところ》で待《ま》ってるから、警察《けいさつ》へいいたければ、勝手《かって》にいえ。」

といって、二人《ふたり》してすたすた歩《ある》きだした。

下宿《げしゅく》に帰《かえ》り、かんじょうをすませてから、すぐ汽車《きしゃ》に乗《の》って、浜《はま》の港屋《みなとや》へ着《つ》いた。さっそく辞表《じひょう》を書《か》いて、校長《こうちょう》あてに郵便《ゆうびん》で出《だ》した。

汽船《きせん》は、夜《よる》六時《じ》の＊1出帆《しゅっぱん》である。

山嵐《やまあらし》もおれも、ぐうぐうねこんで目《め》がさめたら、午後《ごご》二時《じ》であった。下女《げじょ》に、「巡査《じゅんさ》は来《き》ていないか」ときいたら、「来《き》ていません」と答《こた》えた。

「赤《あか》シャツも野《の》だいこも、いわなかったなあ。」

と、二人《ふたり》は、大《おお》いにわらった。

＊１出帆《しゅっぱん》…船《ふね》が港《みなと》を出《で》ること。＊２神戸《こうべ》…今《いま》の兵庫県南部《ひょうごけんなんぶ》の地名《ちめい》。＊３新橋《しんばし》…今《いま》の、東京都港区北東部《とうきょうとみなとくほくとうぶ》の地名《ちめい》。

その夜《よる》おれと山嵐《やまあらし》は、船《ふね》でこの地《ち》をはなれた。船《ふね》が岸《きし》をされればさるほど、心地《ここち》よかった。神戸《こうべ》[*2]から東京《とうきょう》までは直行《ちょっこう》で、新橋《しんばし》[*3]へ着《つ》いて、自由《じゆう》だなと思《おも》った。

山嵐《やまあらし》とは、そこでわかれ、それっきり今日《きょう》まで会《あ》う機会《きかい》がない。

清《きよ》のことを話《はな》すのを、わすれていた。

おれは東京《とうきょう》へ着《つ》くと、下宿《げしゅく》へも行《い》かず、清《きよ》の所《ところ》に向《む》かった。

かばんをさげたまま、さけんだ。

「清《きよ》や、帰《かえ》ったよ！」

「あら坊《ぼ》っちゃん、よくまあ、早《はや》く帰《かえ》ってきてくださった。」

清《きよ》は、なみだをぽたぽたと落《お》とした。おれも、うれしかった。

「もう、いなかへは行《い》かない。東京《とうきょう》で、清《きよ》とうちを持《も》つんだ。」


その後《ご》、ある人《ひと》のしょうかいで、*1街鉄《がいてつ》の技術者《ぎじゅつしゃ》になった。

月給《げっきゅう》は二十五円《えん》で、家賃《やちん》は六円《えん》だ。

清《きよ》はげんかんつきの家《いえ》でなくても、*2しごくまんぞくのようすであっ

たが、気《き》のどくなことに、今年《ことし》の二月《がつ》、肺炎《はいえん》にかかって亡《な》くなってしまった。

亡《な》くなる前日《ぜんじつ》、おれをよんで、清《きよ》はいった。

「坊《ぼ》っちゃん。清《きよ》が死《し》んだら、坊《ぼ》っちゃんのお寺《てら》へうめてください。お墓《はか》の中《なか》で、坊《ぼ》っちゃんが来《く》るのを、楽《たの》しみに待《ま》っております。」

だから、清《きよ》の墓《はか》は、小日向《こひなた》の養源寺《ようげんじ》にある。

（「坊《ぼ》っちゃん」おわり）

＊1街鉄《がいてつ》…物語当時《ものがたりとうじ》、じっさいにあった、東京《とうきょう》市《し》街鉄道《がいてつどう》株式会社《かぶしきがいしゃ》という鉄道会社《てつどうがいしゃ》。＊2しごく…とても。

「坊《ぼ》っちゃん」は、今《いま》の時代《じだい》に生《い》きていけるだろうか？

文《ぶん》・芝《しば》田《た》勝《かつ》茂《も》

夏目漱石《なつめそうせき》は、明治時代《めいじじだい》の日本を代表《だいひょう》する作家《さっか》です。四十九歳《さい》で亡《な》くなる前《まえ》、わずか十一年間《ねんかん》に、ほとんどの作品《さくひん》を書《か》きあげました。「吾輩《わがはい》は猫《ねこ》である」や、「草枕《くさまくら》」「三四郎《さんしろう》」「こころ」「それから」などの作品《さくひん》は、多《おお》くの日本人《じん》に読《よ》みつがれ、小説《しょうせつ》の「語《かた》り方《かた》」（文体《ぶんたい》といいます）は、今《いま》読《よ》んでもわかりやすく、のちの日本文学《ぶんがく》に大《おお》きなえいきょうをあたえました。そして「坊《ぼ》っちゃん」は、大評判《だいひょうばん》になった「吾輩《わがはい》は猫《ねこ》である」につづいて、漱石《そうせき》の人《にん》気《き》をゆるがぬものにした作品《さくひん》です。

さて、「坊《ぼ》っちゃん」は、痛快《つうかい》なユーモア小説《しょうせつ》だといわれています。

たしかに、まっすぐな性格《せいかく》で、学校《がっこう》を出《で》たばかりの江戸《えど》っ子《こ》教師《きょうし》が、四国《しこく》のと

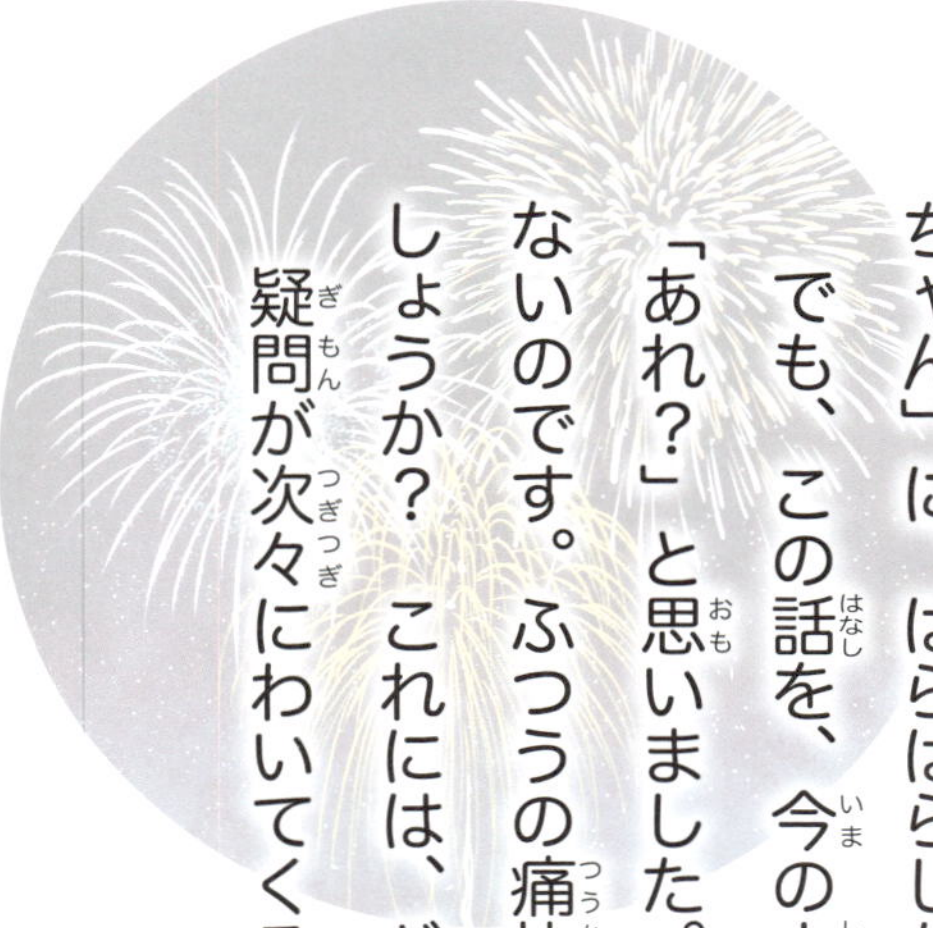

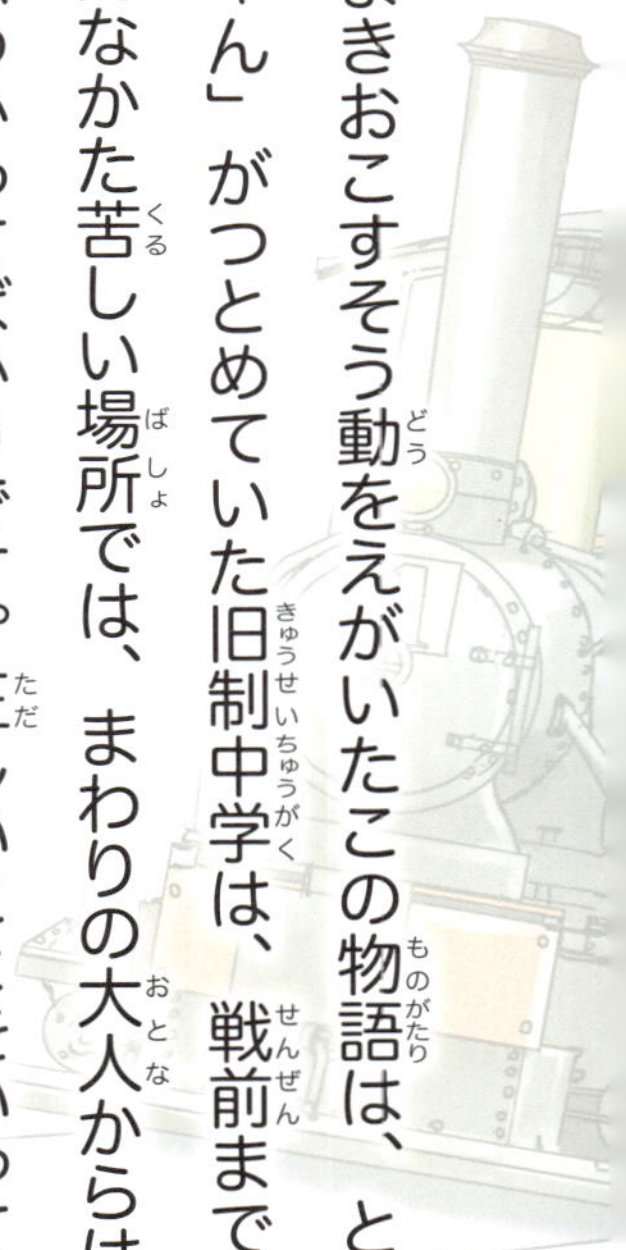

ある町《まち》でまきおこすそう動《どう》をえがいたこの物語《ものがたり》は、とてもおもしろい小説《しょうせつ》です。「坊《ぼ》っちゃん」がつとめていた旧制中学《きゅうせいちゅうがく》は、戦前《せんぜん》まではとても格式《かくしき》のある学校《がっこう》でした。そんなかた苦《くる》しい場所《ばしょ》では、まわりの大人《おとな》からはみだしてしまう「坊《ぼ》っちゃん」は、ぶつかってばかりです。正《ただ》しいことをいっているだけなのに。

なれない職場《しょくば》で、生徒《せいと》にからかわれても、自分《じぶん》をつらぬく坊《ぼ》っちゃん。世《よ》の中《なか》にのさばって、えらいと思《おも》われ、そんけいされる立場《たちば》にいるのに、かげで悪《わる》いことばかりしている「赤《あか》シャツ」と、その家来《けらい》の「野《の》だいこ」をやっつける「坊《ぼ》っちゃん」に、はらはらしながらも、はく手《しゅ》を送《おく》る人《ひと》は多《おお》いはずです。

でも、この話《はなし》を、今《いま》の小学生《しょうがくせい》が読《よ》めるように、と書《か》きなおしながら、わたしは「あれ？」と思《おも》いました。赤《あか》シャツをとっちめるのは、主人公《しゅじんこう》の坊《ぼ》っちゃんではないのです。ふつうの痛快小説《つうかいしょうせつ》なら、坊《ぼ》っちゃんがやっつけるはずではないのでしょうか？　これには、どんな意味《いみ》があるのでしょうか。

疑問《ぎもん》が次々《つぎつぎ》にわいてくるのですが、あるとき思《おも》いあたったことがあります。

もしかして「坊《ぼ》っちゃん」は、清《きよ》にとっての「坊《ぼ》っちゃん」であると同時《どうじ》に、鎖国《さこく》をといて、ふくざつな国際社会《こくさいしゃかい》にとびだしたばかりの、未熟《みじゅく》だった明治《めいじ》の日本そのもののことではないのだろうか。江戸時代《えどじだい》の武士《ぶし》のプライドを持《も》ち、新《あたら》しい「明治《めいじ》」に生《い》きていこうとした「坊《ぼ》っちゃん」は、漱石自身《そうせきじしん》のすがただったのかもしれない。そして、今《いま》につながる、多《おお》くの日本人《じん》の心《こころ》だったのかもしれない。最後《さいご》にえがかれる「祝勝会《しゅくしょうかい》」は、明治時代《めいじじだい》の「日露戦争《にちろせんそう》」の祝賀会《しゅくがかい》のことです。その戦争《せんそう》から、未熟《みじゅく》な「坊《ぼ》っちゃん」だった日本は、なんだかとんでもない方向《ほうこう》に進《すす》んでいきます。

今《いま》の時代《じだい》、「坊《ぼ》っちゃん」は、はたして生《う》まれるだろうか。そして、赤《あか》シャツや野《の》だいこばかりの世《よ》の中《なか》で、生《い》きていけるだろうか。……そんなことを考《かんが》えてしまいました。みなさんも、漱石《そうせき》の作品《さくひん》を、どうか、たくさん読《よ》んでみてください。そして、いろんなことを考《かんが》えてください。この本《ほん》が、そのきっかけになれば、こんなうれしいことはありません。

日本の名作《めいさく》にふれてみませんか

監修 元梅花女子大学専任教授 加藤康子

人《ひと》は話《はなし》がすき

人《ひと》は話《はなし》がすきです。うれしかった、悲《かな》しかったなど、心《こころ》が動《うご》いたときに、その気《き》持《も》ちをだれかに話《はな》したくなりませんか。わくわくしている人《ひと》の話《はなし》を聞《き》きたくなりませんか。どの地域《ちいき》でも、どの時代《じだい》でも、人《ひと》は話《はなし》がすきです。文章《ぶんしょう》で書《か》き記《しる》し、多《おお》くの人々《ひとびと》が夢中《むちゅう》になって、受《う》けついできた話《はなし》が「名作《めいさく》」です。人々《ひとびと》の心《こころ》を動《うご》かしてきた日本の「名作《めいさく》」の物語《ものがたり》をあなたにおとどけします。

「名作《めいさく》」の力《ちから》

「名作《めいさく》」には内容《ないよう》にも言葉《ことば》にも力《ちから》があります。一人《ひとり》で読《よ》むと、想像《そうぞう》が広《ひろ》がり、物《もの》語《がたり》の世界《せかい》を体験《たいけん》したような思《おも》いがして、心《こころ》が動《うご》きます。

さらに、読《よ》む年《ねん》れいによって、いろいろな感想《かんそう》や意見《いけん》が生《う》まれます。小学生《しょうがくせい》のときにふしぎだったことが、経験《けいけん》をつんで大人《おとな》になるとなっとくでき、新《あたら》しい考《かんが》え方《かた》をすることがあります。「名作《めいさく》」の物語《ものがたり》の世界《せかい》は、読《よ》む人《ひと》の中《なか》で、広《ひろ》く深《ふか》く長《なが》く生《い》きつづけるのです。

「名作《めいさく》」は宝物《たからもの》

今《いま》、あなたは日本の「名作《めいさく》」と出会《であ》ったことでしょう。このシリーズでは、みなさんが楽《たの》しめるように、文章《ぶんしょう》やさし絵《え》などを工夫《くふう》しています。ページをめくって、作品《さくひん》にふれてみてください。

そして、年《とし》を重《かさ》ねてから読《よ》みかえしてみてください。できれば、原作《げんさく》の文章《ぶんしょう》や文字《もじ》づかいにも挑戦《ちょうせん》してください。この「名作《めいさく》」は、あなたの一生《いっしょう》の宝物《たからもの》です。

文　**芝田勝茂**（しばた　かつも）
石川県羽咋市出身。児童文学作家。著書に、『ふるさとは、夏』（福音館、産経児童出版文化賞）、『星の砦』『進化論』（ともに講談社）、『サラシナ』『葛飾北斎』（ともにあかね書房）、『ドーム郡ものがたり』『虹への旅』（ともに小峰書店）、『真実の種、うその種』（小峰書店、日本児童文芸家協会賞）、『10歳までに読みたい世界名作 ガリバー旅行記』『同 西遊記』『同 ロビンソン・クルーソー』『10歳までに読みたい日本名作 銀河鉄道の夜』『やさしく読めるビジュアル伝記 織田信長』（以上Gakken）など多数。

絵　**城咲　綾**（しろさき　あや）
漫画家、イラストレーター。主な作品に《マンガジュニア名作》シリーズ『トム・ソーヤーの冒険』、《マンガ百人一首物語》シリーズ、『10歳までに読みたい世界名作 名探偵シャーロック・ホームズ』、《10歳までに読みたい名作ミステリー 名探偵シャーロック・ホームズ》シリーズ、『やさしく読めるビジュアル伝記 マイヤ・プリセツカヤ』（以上Gakken）、イラストに『コミックスララ』（タカラトミー）など。

監修　**加藤康子**（かとう　やすこ）
愛知県生まれ。東京学芸大学大学院（国語教育・古典文学専攻）修士課程修了。中学・高校の国語教員を経て、梅花女子大学で教員として近代以前の日本児童文学などを担当。その後、東海大学などで、日本近世文学を中心に授業を行う。

巻頭マップ／アライヨウコ　写真提供／伊予鉄道株式会社　国立国会図書館　松山市

10歳までに読みたい日本名作9巻
坊っちゃん

2017年12月26日　第1刷発行
2025年3月31日　第11刷発行

原作／夏目漱石
文／芝田勝茂
絵／城咲　綾
監修／加藤康子
装幀・デザイン／石井真由美（It design）
本文デザイン／ダイアートプランニング
大場由紀
発行人／川畑　勝
編集人／高尾俊太郎
企画編集／松山明代　岡澤あやこ
編集協力／勝家順子　上埜真紀子
ＤＴＰ／株式会社アド・クレール
発行所／株式会社Gakken
〒141-8416 東京都品川区西五反田2-11-8
印刷所／株式会社広済堂ネクスト

この本は環境負荷の少ない下記の方法で製作しました。
●製版フィルムを使用しないCTP方式で印刷しました。
●一部ベジタブルインキを使用しました。
●環境に配慮して作られた紙を使用しています。

この本に関する各種お問い合わせ先
●本の内容については、下記サイトのお問い合わせフォームよりお願いします。
https://www.corp-gakken.co.jp/contact/
●在庫については　Tel 03-6431-1197（販売部）
●不良品（落丁、乱丁）については　Tel 0570-000577
学研業務センター　〒354-0045　埼玉県入間郡三芳町上富279-1
●上記以外のお問い合わせは　Tel 0570-056-710（学研グループ総合案内）

NDC913　154P　21cm

物語《ものがたり》を読《よ》んで、
想像《そうぞう》のつばさを
大《おお》きく羽《は》ばたかせよう！
読書《どくしょ》の幅《はば》を
どんどん広《ひろ》げよう！

シリーズキャラクター
「名作《めいさく》くん」

また、あおう!